明
室
Lucida

照 亮 阅 读 的 人

The Yellow Wallpaper　Charlotte Perkins Gilman
黄色墙纸
[美]夏洛特·珀金斯·吉尔曼 著

叶紫 译

图书在版编目（CIP）数据

黄色墙纸 / (美)夏洛特·珀金斯·吉尔曼著；叶紫译. -- 北京：北京联合出版公司, 2025.3 (2025.4重印). -- ISBN 978-7-5596-8111-9

Ⅰ. I712.45

中国国家版本馆 CIP 数据核字第 2024MU7614 号

黄色墙纸

作　者： [美]夏洛特·珀金斯·吉尔曼
译　者： 叶　紫
出 品 人： 赵红仕
策划机构： 明　室
策划编辑： 赵　磊
特约编辑： 孙皖豫
责任编辑： 龚　将
装帧设计： 山川制本 workshop

北京联合出版公司出版
(北京市西城区德外大街 83 号楼 9 层　100088)
北京联合天畅文化传播公司发行
北京市十月印刷有限公司印刷　新华书店经销
字数 100 千字　787 毫米 ×1092 毫米　1/32　7.75 印张
2025 年 3 月第 1 版　2025 年 4 月第 3 次印刷
ISBN 978-7-5596-8111-9
定价：48.00 元

版权所有，侵权必究
未经书面许可，不得以任何方式转载、复制、翻印本书部分或全部内容。
本书若有质量问题，请与本公司图书销售中心联系调换。
电话：(010) 64258472-800

导读

张秋子

夏洛特·珀金斯·吉尔曼（Charlotte Perkins Gilman）让人想到一个容器，里面的水受到激情的高温的熬煮，源源不断地涌出来，小小的瓶身根本盛不下，于是，水满溢而出，汩汩地奔流，淌满了大地的表面，浸透了深层的土壤。水，就是她那具有辐射力量般的自我。

在夏洛特的小说、日记、诗歌以及政论文章中，激情的自我都留下了深深的痕迹。她手稿中那些纤细平静的字体常常像突然充血的动脉血管，在自我创造的渴望中彼此加速、追逐乃至膨胀。我们会看到，在一首诗中，她直言不讳地把这种情感称为"狂野的骚动"。当然，文字中混沌勃发的力量，还是来自于日常生活的投射，她的激情使她不能过一种按部就班、井井有条的平静日子，只能大胆地用炸药炸开生活的金矿，而她的天赋又足以使她捕捉到以气态形式飘荡在金矿上空的那些关于痛苦与幸福的奥秘。

所以，让我们先从她的生平讲起，看看生活的强度如何渗入了她的书写力度之中。

夏洛特曾经为自己写过一幅"自画像"："亲爱的读者，你认识我吗？货真价实，我就在这里。18岁。身高 5 英尺 6 英寸半，体重 120 磅[*]。"这段自画像来自于夏洛特 1879 年 1 月的日记，这是她的第一本日记。和很多人一样，她在写日记时愿意想象一个读者或者对话者：她渴望读者，渴望被听到，也许还自命自己是一位向大众言说的作家。她描述自己长得"还不错"，甚至可以说"挺健美的"，她谈到自己的健康情况非常好，正在培养自我控制能力，此外，"并不多愁善感，更多的是冷峻和抑郁"。在这段 18 岁的自我审视中，夏洛特日后

---

[*] 英制单位。1 英尺等于 30.48 厘米，1 英寸等于 2.54 厘米，1 磅约等于 0.45 千克。——编注

的诸多特质已经固定了下来，比如对服饰与健身的热衷，对进入公共领域的渴望，对成为作家的期待，以及伴随终生的忧郁气质。人之为人的神秘正在这里，一个人二十多岁时的精神状态基本规定了他中年以后的精神状态。

这位少女成长于一个并不幸福的家庭，经济困难，父亲很早就抛弃了她和母亲。为钱发愁、靠人接济的生活几乎是她前半生的主调。阅读与幻想帮助了她。阅读并非来自于正规教育，实际上，在童年多次更换住址的过程中，她上过七所学校，断断续续总共只上了四年。14岁时，她得以进入一所不错的私立学校学习了大约一年，但中学教育在她15岁时就结束了。所以，她的阅读更像是一种在天命与兴趣的引领下所做的探索，从狄更斯到司各特，从叙事诗到小说再到杂志，她像杂食性动物一样贪婪地阅读。幻想，则在阅读的基础上进一步带领她超越了贫瘠乏味的现实生活，她每每喜欢在入睡前幻想。也许，正是因为这些来自童年的滋养，我们才得以在夏洛特的《黄色墙纸》中看到如此之多的丰富元素：既有幽怨徘徊的鬼影，又有男女性别颠倒的滑稽戏；既有被囚禁的疯女人的悲鸣，又有讽刺效果拉满的家庭剧。她像她阅读并且热爱的那些伟大作家一样，从普通女性的胸膛中取出被蔑视的情感的齿轮，将它们上油、调适，重新以文字的形式组装，最后奏出一首首或凄怨或哀婉或骄傲的曲调。

与上一代女性最大的不同在于，夏洛特是一个对于"健身"有着执念的女性。也许是因为她厌透了同时代男性作家在小说中刻画的孱弱女性形象——动不动就脸色苍白、绞着手指，动不动就晕厥或者歇斯底里——所以，她把划船、散步与长跑列为了自己的健身首选。当然，更主要的原因是，她从少女时代起就热衷于研究身体机能的新科学，也就是当时所谓的"改革生理学"（reform physiology）。她听从当时流行的建议：多呼吸新鲜空气、多做运动、多吃有益的食物。我们会看到，对健身的关注贯穿了夏洛特的前半生，她习惯性地去体育馆里做运动，也异常关注自己的身体（尤其是脑部）健康。有一次，在某个女子健身馆开业的时候，夏洛特自告奋勇地前去健身与当众展示，她自豪地在日记里写道："我掌握了主动权。"对身体的自主掌控，是自我意识建构的第一步。

自然，强健的体魄最终要服务于坚强的意志与精神。与夏洛特的体魄同时增长的，是她那罕见的强大意志。她很早的时候就已经意识到，保持单身、保持非婚姻状态，可以"扩大一个人的个人力量，发展个人的人格力量，把自己当作一个自我"。在这位年轻女性看来，意志坚强的女性在生活中不能有求爱的男人，因为他们会把她变成自己的附属品，并且要求她充满母性、承担母职，这些东西在夏洛特看来都是可怕的。这是否能够解释，在本书《摇椅上的女孩》这篇小说中，一个神秘如幽灵般的女孩在两位绅士之间躲闪游移，弄得他们神魂颠倒，自己却拂袖而去？这篇小说也许在本质上展现出夏洛特对于男性追求的恐惧与回避。这篇小说也展现出夏洛特很多其他作品中相似的气质：神秘、幽微甚至古怪。奇怪的是，灵魂最柔弱古怪的振颤却往往能辐射出最持久的波动。

对自我的强调与对男性及婚姻生活的回避，把她引向了世俗与写作的两个互相呼应的层面：她爱上了一个叫作玛莎·路德的女性，虽然夏洛特似乎一直在自我说服：这不是男女之间的那种爱欲。可是，我们还是看到了她如热恋中的人那样不断与玛莎写信倾诉衷肠、表白内心，哪怕在玛莎委婉地拒绝乃至要与别人结婚时，夏洛特仍然一方面掩饰着心碎，一方面说出了这样的话："但无论你的家多么迷人，我都会有一把夜用钥匙，我将在你和你的家中享受我自己所没有的一切。"在19世纪，女性之间的爱欲关系并不罕见，很多父母甚至会默许女儿与其他女孩之间的浪漫关系，因为相比与男孩发展一段关系，女性之间的爱欲更"安全"，至少不会闹出未婚先孕之类的丑闻。伍尔夫在《达洛维夫人》中也曾写过类似的情节，达洛维夫人与少女时期的同性好友萨利形同恋人，出双入对。但是，夏洛特显然要得更多，也失望得更厉害。

无论如何，她把少女时期的这段感情珍藏心底，转向了更为贪婪的阅读，锻炼自己的精神意志。1881年之后，她大量阅读了《大众科学月刊》(*Popular Science Monthly*)。当另一位美国作家麦尔维尔在《白鲸》里宣称"捕鲸船就是我的哈佛大学！捕鲸船就是我的耶鲁大学！"时，或许可以说《大众科学月刊》之类的杂志成了夏洛特的大学。没有受过正规教育的她，正是从这个杂志上第一次接触到了科学进步和新发明、新社会科学产品、哲学问题——当然，还有女性问题。然而，她对那些男性学者描述的女性处境与历史并不满意，她意识到他们的描述与她的经验是相冲突的，随着她对身体与精神的双重磨炼越加成熟，她就越发感到成为一个独立的女性所遭遇的社会压力之大。也是在1881年，也就是21岁时，她写下了诗歌首作《职责所系》("In Duty Bound")，其中有这么几句：

> 预先强加的义务，不求回报；
> 然而，它却具有自然法则的约束力。
> 对立思想的压力
> 内心痛苦，
> 每小时都有一种力量消逝之感。

20岁时留下的这首诗作，几乎概括了夏洛特后期创作中的所有主题：一个女人成为自己与成为他人妻子或者母亲之间的矛盾。而矛盾，正是一个作家得以沉思与创作的核心灵感。巴尔扎克的矛盾，是纷繁复杂的金钱世界与野心家的欲望之间的矛盾；福楼拜的矛盾，是资产阶级寒伦的生活方式与更高级的生活奢望之间的矛盾；托尔斯泰的矛盾，是一个人的肉身之欲与灵魂超越之间的矛盾……没有矛盾，作家便不存在，写作也是乏味的。与这些作家相比，夏洛特一以贯之的矛盾看起来没那么宏大，它藏在一个女性小小的身躯里，但也许更为有韧性，更为决绝。在《黄色墙纸》中，我们看不到剧院、教堂、交易所、酒馆等繁华空间，也没有艺术家、诗人、交际花与银行家出没。夏洛特几乎只写"家"，或者"家"的延伸——荒僻的老宅、古老的租宅、幽静的画室、狭小的闺房……可是，在"家"的小小巢穴里，却在上演着一出出由核心矛盾推动的巨大革命，可以说，这些夏洛特创作于30岁时的小说，反复追问的仍然是她在20岁时提出的问题：如何对抗那些对于女性"预先强加的义务"？如何解除其"自然法则的约束力"？

托尔斯泰曾经说过一句意味深长的话："只有在我周围的一切人和一切事物跟我一致的时候，我才是自由的，然而到了那个时候，我已经不存在了，因为我们只有在冲突与矛盾中才能感觉到我们自己。"在托翁笔下，自由更像是一种在众人里淹没自我、丧失自我的消极状态，所以，只能用充满痛苦的矛盾来取代无忧无虑的自由，这甚至不是一种文学选择，而是一种生活宿命：这样的作家只能过一种充满矛盾的生活。可以想见，背负着如此沉重的矛盾的夏洛特，其婚姻生活必然是痛苦的，人们甚至会奇怪她为什么会选择婚姻。她就像水银一般，把全部的意志力用于自我捍卫与保全，人们永远无法把水银和水混为一体，而她似乎也拒绝和任何与自己不同的元素的结合。

她的第一场婚姻有一个令人愉快的开始。1882年1月12日，夏洛特遇到了查尔斯·沃尔特·斯特森（Charles Walter Stetson），一位23岁的资深艺术家。然而，愉快的开端并不能保障结局的美好，直到此时，夏洛特依然坚定地认为"我的生活是私人愿望和发展的生活，是公共服务的生活，而公共服务只等着被要求"，但她发现了自己身体里的另一种东西：性欲。在19世纪，这个词不会说得这么直接，夏洛特把它描述成一种让自己"屈服"的力量。为了解决这个问题又不违背自己的本心，她提出了一个在当时颇为骇人听闻的解决办法：不结婚，但是可以在有生理需求时找到对方。沃尔特是一个纯正的19世纪的人，他遵守着一切那个时代关于男人应该如何、女人应该如何、婚姻应该如何的法则。所以，他当然不会接受这个"荒谬"的提法。经历了磕磕绊绊、若即若离的几年磨合，两个人终于成婚了。

婚姻给沃尔特带来了什么呢？起码最开始是幸福，他觉得，夏洛特像一个女人应该做的那样，"她对我的依赖就像孩子对父亲的依赖一样"。反过来问,婚姻给夏洛特带来了什么呢?痛苦、抑郁、生育孩子的辛劳。他看不到她,看不到她的挣扎与焦虑。有一件事值得一提,在婚后数不清的争吵中,夏洛特表达了对家务尤其是洗碗的厌烦(这一点非常像小说《老有所思》中的埃尔德太太),她对沃尔特提出,洗碗可以,但是要支付她报酬,这自然被沃尔特拒绝了。这件事之所以重要,是因为一个女性在当时罕见地主动赋予自己的劳作以价值,换句话说,她并不认为家务是女性天经地义的"分内事",它与一个男人在外打拼时付出的劳动应该有类似的价值回报。

这场不合适的婚姻让一个人学会了勉强,让另一个人学会了强求。如果说痛苦、抑郁、辛劳是为创作灵感付出的代价,那么,夏洛特也确实从这段痛苦关系中收获颇丰:从两人谈恋爱的时候开始,沃尔特就喜欢时不时地引用《圣经》中的段落,充满了教导的口吻,这个习惯是否成为小说《所罗门如是说》的灵感?小说中的丈夫动不动就用《圣经》中的话教导妻子,要守规矩、要做一个贤内助,最后却被妻子狠狠地戏弄了。沃尔特是一位郁郁不得志的画家,他到处找买主和赞助人,却每每落空,他甚至期待把夏洛特当成他的缪斯,占有她,塑造她,这种动机是否又成为《世事无常》的灵感来源?小说中的主角同样是一位画家,他狂热地爱上了一个女人并娶之为妻,却发现妻子似乎另有所爱。通过沃尔特的日记,我们发现他是一位极为保守的男性,他经常对夏洛特说的那些言论——"你脑子里一定有什么病态的东西""我相信妇女有最大的自由,但这种自由是虚假的,它会使她们反抗爱情和家庭的纽带""希望你能感觉到自己的渺小"——全都被夏洛特毫不留情地投射到了本书中,那些感叹世风日下、姑娘变坏了的绅士们身上了。

当然,还有同名小说《黄色墙纸》。这也许是这场婚姻最痛苦的一个"孩子"。生下了女儿凯瑟琳之后,夏洛特患上了产后抑郁症,一向重视健康的她甚至觉得自己脑部出了问题,而沃尔特则坚信"我毫不怀疑,整个问题都是子宫受刺激引起的"。值得注意的是,当时并没有"产后抑郁"这个名词,医生只是诊断她患有"剧烈的歇斯底里症状"。"Hysteria"(歇斯底里)的词源正是希腊语中的子宫一词"hystera",被认为是一种好发于女性的精神疾病,多少带一些歧视色彩,如今已经被"焦虑""抑郁"等详细的诊断所取代。19世纪治疗歇斯底里的方法是当时一位叫作米切尔的医生提出的

"静养疗法",为了让女人们远离疯狂、"履行她们的职责",米切尔认为病人应该"回到婴儿时期",包括极度的休息、完全的隔离、两小时进餐一次,还有将鱼肝油灌入直肠、完全禁止动笔写作、尽量与孩子待在一起……显然,这套疗法借鉴了欧洲早期对待精神病的做法,它让人想到,如果《简·爱》中那个阁楼上的疯女人伯莎跑出来,会遭遇同样的对待,也会让人想到伍尔夫收到的医嘱:同样的"休息"与"禁止动笔"。

很难说通过这段治疗夏洛特有没有获得真正的康复,因为她从米切尔的疗养院回家与沃尔特生活在一起后,感到沃尔特彻底变成了一个"噩梦般的丈夫",因而再度崩溃了。所以,在《黄色墙纸》中,那个叫作约翰的丈夫可能是沃尔特和米切尔医生的混合体。他们打着"为了她好"的名义,最终却只是为了把她变成一个符合社会要求、女性职责的"正常人"。悖谬的是,"正常"往往是一种最为隐秘和暴虐的手段,它总是悄无声息地绞杀和封禁了一切与主流、大众、公意不相符的边缘存在。在《黄色墙纸》中,叙事者敏感又绝望地发现了这种暴力,它被隐喻为墙纸上那些古怪、邪恶又令人恶心的花纹:

上面的图案又乱又夸张，简直是在强奸艺术！

我沿着图案衍生的脉络移动我的目光，却看得眼花缭乱。真够傻的！

如果说"墙"意味着这个时代无法推倒、颠扑不破的男权主流法则，那么，上面的"花纹"则是围绕这些法则所衍生出的种种规训与束缚的手段。对小说中的叙事者来说，对作者夏洛特来说，唯一的选择都是"冲决"。一百多年后，加拿大的作家艾丽丝·门罗通过频繁地书写"逃离"，与夏洛特隔着时光的甬道，投去了彼此信任与鼓励的一瞥。此外，这个故事的新颖之处还在于，叙述者的声音一开始就带有明显的无能为力的疑虑和不确定性。这是极为纯正的文学手法，它让女性"冲决"的动作不至于变成确定的革命口号，而是始终徘徊于犹豫与可疑的精神危机之中，也为叙事者的情感涂抹上了神秘的气息。就此而言，夏洛特非常接近于亨利·詹姆斯或者爱伦·坡，他们都以"不可靠的叙事"而闻名。

《黄色墙纸》引起了出版界的重视，虽然在此之前，夏洛特已经写了一些小说与戏剧作品——本书收录的《巨藤屋》是她的首作——甚至成了一些杂志的定期撰稿人，但她长期以来还是处于经济窘迫的境地，更多的收入来自她开设的私人艺术教学班以及卡片装饰画。私人生活的痛苦促使她写出了《黄色墙纸》，她也越来越受到公众的关注，而这正是她18岁那年自画像里的愿望，她找到了真正的"亲爱的读者"。从那时起，夏洛特的创作更加多元，她不仅写小说，还写下了长篇的论著《妇女与经济学》，在这部书中，她认为以食换性是婚姻的核心，也是女性从属于男性的原因。这个论断很难不让人联想到几十年后的女性主义领袖波伏瓦在《第二性》中提出的观念。除了书斋里的著书立说，夏洛特还积极地走上街头，为妇女的权益、性知识的教育等问题奔走呼号。

一个名副其实的公共知识分子诞生了。

1892年，顶着为人嘲笑的风险，她终于与沃尔特离婚了，此时，她的收入与名气、抱负的实现都构成了她的底气，就像小说《遗孀的力量》中，那个在丈夫死后决绝地摆脱子女、为自己而活的母亲一样，我们几乎能想象，离开沃尔特的夏洛特是同样"强健有力""祥和坚定"的。也许，人们会为她第二段婚姻关系的缔结感到奇怪，因为她曾在第一段婚姻中如此痛苦，摆脱得又如此艰难；但是，通过创作走入公共领域的夏洛特，已经不再是那个困在黄色墙纸后面痛苦压抑的女性了。1897年时的她已经可以独当一面：她会到西部和南部演讲与出席活动，以作家身份旅居于不同的团体之中；虽然少年时就发作的抑郁症此时还是会不时来袭，但把目光投向远处、投向高处、投向公共领域拯救了她，也让她以足够完整、自洽的灵魂悦纳了第二段与表弟的婚姻。想来，幸福的婚姻从来不是两个人是否彼此"合适"，而是两个人是否足够"自足与完整"——哪怕在单身状态下，个体的自足与完整都能引人走向幸福。

用了整整一生的时间，夏洛特完成了一件小小壮举：创造自己、发展自己、捍卫自己。这不是独属于女人的志业，也不单单属于男人，它是人类的本职。小说集《黄色墙纸》则以异常动人的笔触，记录了这场壮举中那些幽微的瞬间与动人的细节。

目 录

第一部分　幽　灵

黄色墙纸　　　　　　　　003
巨藤屋　　　　　　　　　033
摇椅上的女孩　　　　　　051

第二部分　觉　醒

世事无常　　　　　　　　073
事随境迁　　　　　　　　089
珍贵的首饰　　　　　　　105
转身　　　　　　　　　　117

第三部分 智 慧

所罗门如是说 139
遗孀的力量 155
老有所思 173

第四部分 宣 言

灭绝的天使 193
如果我是男人 201

我为什么写《黄色墙纸》 215
译后记 219

第一部分

幽 灵

"看来我不得不一次次从他身上爬过去了!"

黄色墙纸

真稀罕，我和约翰这样的普通人竟能租到这么古老的房子度过夏天。

一座殖民时代的大宅，一份世袭遗产。我愿说这是座闹鬼的房子，好满足我对浪漫的至高向往——但这会是对命运的过分要求！

但我能肯定地说，它让我觉得怪异。

否则，为什么租金这么便宜？为什么这么久没人来租？

约翰自然笑我多虑。也罢，婚姻不就是这样？

他现实得很。信仰？不过是可怖的迷信，不过是浪费生命。他嘲笑所有形而上的东西，公开嘲笑！

约翰是个内科医生，可或许就是这个缘故，我的病才拖到现在。这话我当然不会说给任何活人听，可这是张没有生命的纸，能写下来对我来说也是很大的解脱。

他根本不信我有病!

可我又能怎样?

他既是颇有地位的医生,也是我的丈夫。如果连他都不信,反倒不断让亲人朋友都相信我只是暂时的神经衰弱,有轻微的癔症倾向,没什么大碍,那我又能怎样?

我的哥哥也是内科医生,一样颇有地位,连他也这么说,如出一辙。

因此,康复前,我只能服用硝酸盐或亚硝酸盐药物——天知道是哪种。吃各种营养品,到处旅行,呼吸新鲜空气,增加运动量,就是不能"工作"。

我觉得他们错了。

我相信,只有一份称心的、充满变化的工作才能让我快乐,让我康复。

可我又能怎样?

不过,就算他们不乐意,我还是把这些写了下来,白纸黑字。但我只能这么鬼鬼祟祟地写,否则就会遭遇他们的强烈反对。这让我疲惫极了。

我经常幻想,如果他们不反对,那么更多的社交、更多来自外界的刺激会给我带来好处。约翰却说,我最不该做的就是去想自己的身体状况。老实说,这真让我难受。

也罢。都是白说！还是聊聊这房子。

多美的地方！它孑然隐遁，道路难抵，离最近的村落三英里有余。它篱墙环绕，大门深锁，周围是散落着的、住过园丁与仆从的小屋。简直是书里才有的那种英国幽境！

院子里秀色可餐！宽敞、阔气，枝繁叶茂，小径交错，凉亭上爬满了藤蔓，亭子里有供人歇息的长椅。我从没见过这样的花园。

连花房都有，虽然现在只剩断壁残垣。

可能这处房产的继承人之间发生过什么法律纠纷——总之，这儿已荒置了很久。

恐怕这让我心里住着的那个幽灵重获了新生，但我不在乎。我能真切地感受到这房子的异样。

在一个月光笼罩的夜里，我甚至把心里想的告诉了约翰，他却说，这不过是阴风作祟，说完便起身关上了窗。

有时我没来由地生约翰的气。我从未这样敏感，也许全怪我那脆弱的神经。

但约翰说，如果我这么觉得，那就是我疏忽了适当的自控。于是，至少在他面前，我会竭力自控——这让我感到精疲力尽。

我一点也不喜欢我们的房间。我想住楼下的房间——用漂亮的老式印花布布置，出门就是走廊，还有镶满玫瑰的窗棂！但约翰完全没放在心上。

他说那房间只有一扇窗，小到放不下两张床，如果他另住一间房，也没有离得近的。

他深爱着我，对我悉心呵护，几乎从不让我在房子里随便游走。

白天，我得按点吃药，一小时一次。他全心全意地照顾我，真让我想不感激都难。

他还说，来这儿都是为了我，因为在这儿，我能得到最好的休息，尽情呼吸新鲜空气。他说："亲爱的，有了力气，才能更好地锻炼；有了食欲，吃得才有味道。但空气，你无时无刻不能尽情呼吸。"因此，楼顶的这间婴儿护理室，就是我的复健室了。

房间很大，通风，几乎占据了一整层楼，里面阳光满地，充满新鲜空气，往窗外看，美景尽收眼底。我猜测，这儿最初是婴儿护理室，然后变成了游戏室和健身室，因为窗户上安装有保护幼儿的栏杆，而墙上嵌着健身用的圆环之类的东西。

涂漆和墙纸却惨不忍睹，仿佛是一群调皮捣蛋的男孩的杰作。涂漆褪色，墙纸剥落，床头伸手可及的地方，以及对面墙根上的大大一片，尽是斑驳。我从没见过这么糟糕的墙纸。

上面的图案又乱又夸张，简直是在强奸艺术！

我沿着图案衍生的脉络移动我的目光，却看得眼花缭乱。真够傻的！这样式摆明是要恼人，却又叫人着魔似的欲罢不能！隔着一定的距离，正当你沉浸在那些模糊又僵硬的曲线里时，它们就自杀似的断开，陡然转向、坠落，在难以形容的矛盾中自我毁灭。

墙纸的颜色让人反感，甚至反胃。阳光缓缓倾斜，那种被烟熏过似的脏黄色竟不明所以地淡了下去。

有些地方是呆板的、透着血红的橙色，其他地方则是瘟疫般的硫黄色。

难怪连小孩都讨厌这里！在这儿待得久了，换我我也觉得恶心。

约翰来了，我不能写了。我写一个字，都会让他如坐针毡。

来这儿已经两个星期了，第一天以后，我就没想再写点什么。

我靠窗坐着，在这又高又令人反感的婴儿护理室里。没人拦我，我想写就写，却有心无力。

约翰一整天都不在。有时遇上棘手的病例，他晚上也不会回来。

真庆幸我病得没那么严重!

但这神经上的毛病让我心情郁闷,意志消沉。

我有多痛苦,约翰根本不知道。我根本没理由痛苦!知道这些,他觉得就够了。

就是神经紧张,不是吗?可它压得我喘不过气,寸步难行!

我多想在外成为他工作上的助力,在家成为他的安慰,给他轻松和愉悦。可在这儿,我简直像累赘一样!

没人会相信我为了完成自己力所能及的那么一点事情——穿衣打扮、接待客人、整理房间——要付出多大的努力。

真是幸运,玛丽把孩子照看得那么好。多可爱的孩子!

可我不能和他待在一起,这让我心焦气躁。

我猜约翰这辈子都不会知道什么叫紧张。就因为这张墙纸,他就那样笑我!

起初,他考虑过换墙纸,但后来,他转念一想,又说我不能被它打败——一个神经紧张的病人绝不能输给这样的幻觉。

他说这并不能治本。换了又怎样,没了墙纸,那死沉的床也会让我产生幻觉。那装着栏杆的窗户难道就不会？还有楼梯尽头的那扇门也一样，等等。

"你要明白，你待在这儿，有利于康复。还有，亲爱的，我们只住三个月，我真不觉得还值得费工夫去装修。"他说。

"那我们就搬到楼下。楼下有那么多漂亮的房间。"我说。

他把我揽到怀里，亲热地喊了声"小傻瓜"，敷衍了事，然后说如果我愿意，他可以搬去地下室，再把那里粉刷一新。

但我知道，关于床和窗户这些东西的说法，他是对的。

这样一个舒适又通风的房间，谁不想住？我当然也不想因为一时的怪念头惹他生气。

要不是那张恐怖的墙纸，我甚至开始喜欢上了这个房间。

透过窗，看得见花园。那儿有藤蔓幽深的神秘凉亭，俗气却怒放着的鲜花点缀着丛丛灌木和略显粗糙的树木。

透过另一扇窗，望得见远处景色秀丽的海湾；那儿有个小小的码头——也属于这栋宅子。宅子和码头间连着一条美丽的林荫小道。我常幻想着有人漫步在这亭径之间，但约翰告诫我，别让哪怕一丁点幻想有缝可钻。他说我那脆弱的神经——再加上我的想象力和喜欢胡编乱造的坏习惯——早晚会让我沉溺在幻觉里面，无法自拔，所以我必须靠坚强的意志和准确的判断去扼制那种倾向。我答应了他。

有时我觉得，如果能写点什么，让胡思乱想有个出口，那我会轻松许多。

但每次一做出尝试，我总会掉进无边无际的疲倦中。

让我气馁的是，我没有知音，只有孤独。约翰说，等我有了好转，他会请堂兄亨利和堂姐朱莉娅来长住一段时间，但现在，他宁可在我的枕套里放烟火，也不想让我受外人的刺激。

但愿能快点康复。

不过我不能去想这事。那墙纸始终紧盯着我，好像它知道自己有多么邪恶！

有一种反复出现的纹理，看上去像是断掉的脖子垂吊下来，两只滚圆的眼睛从下往上朝你瞪着。

它就在那儿，一动不动，无礼地看着你。这让我愤怒。那些线条肆无忌惮地爬着，那些瞪圆的眼睛尤其荒诞，无处不在，一眨不眨地盯着我看。两张墙纸相接的地方，图案连不起来，那一双双眼睛会从上到下连成一排，一只比另一只高出一点。

我从没在死物上见过这样丰富的表情。多么丰满的表情！我想起小时候，我常躺在自家的床上，从空空的墙壁和朴实的家具里感受快乐与恐惧。我感受到的，甚至比同龄人在玩具铺里感受到的还多。

我记得我家那只老旧的大衣柜上的球形把手，它会冲我亲切地眨眼。还有那把椅子，就像个忠实而坚强的朋友。

那时我觉得，一有危险的征兆，我就能躲进那把椅子的怀抱。它让我觉得安稳。

可这房间里的家具都是从楼下搬上来的，看上去何止杂乱，简直不堪！我想，当时这房间用作孩子的游戏室时，护理用具肯定会被挪走。难怪！我从没见过有哪个孩子能搞出这样的破坏。

墙上那层纸死死地粘着。可就像我说的，墙纸斑驳，很多地方都被撕扯过，那些孩子得有多强的毅力、多深的仇恨，才能弄成这样？

凹凸不平的地板上有零星的钻孔，到处是裂痕与刮擦的痕迹，灰泥坑坑洼洼。来时，房间里只有这张古旧的大床，像从战火里幸存下来的一样。

但我都不在乎——除了那张墙纸。

好了，约翰的妹妹来了。她那么亲切，那么照顾我！我绝不能让她发现我在偷偷写作。

她一副热心肠，作为管家，没人比她更完美了。我肯定，她会觉得是写作害了我！

但她出门时，我就能边写边透过窗户远远地看着她离开。

有一扇窗，透过它，不仅能把下面那条藏在树荫里的蜿蜒小道看得一清二楚，还能一览远处的乡间美景：榆木成片成林，层叠流翠；牧草郁郁葱葱，柔软如绒。

阳光在墙纸上留下不同的阴影。阴影变幻之间，竟有某种隐藏的图样浮现出来。而且，只有在某种特定的光线下，它才会短暂地显形，刚变得清楚，就又模糊起来——真让人恼火！

而在阳光直照、纹理清晰的地方，我能看见一副奇怪甚至畸形的轮廓。它潜伏在那愚蠢而显眼的图案下，不断刺激着我的神经。

有人上楼来了，是妹妹！

国庆日算是过了！人都走了，我可累垮了。约翰觉得我有人陪着会好得更快，就让母亲、内莉和孩子们再留一个星期。

当然，我什么也不干。珍妮负责家里的一切。

但我仍不见得有多轻松。

约翰说，要是我再不见好转，秋天他就送我去韦尔·米切尔大夫那儿。

但我真的不想去。我有个朋友曾落到他手里，说那大夫的手段同约翰与家兄的无异，只会比他们更狠！

我也再经不起长途奔波了。

我四肢乏力，动都懒得动，心里烦躁得很，一肚子牢骚。

我以泪洗面，却不知为什么哭，只是一直在哭。

当然，在约翰面前，在任何人面前，我都不哭，只有一个人时，我才不停地哭。

况且，我有很多时间独处——约翰常被严重的病例困在城里。珍妮对我很好，只要我想，她就会给我空间。

我偶尔会去花园，沿着雅致的小径散步，在开着玫瑰的走廊边小坐。其他时间，我只是躺在床上，任时光流逝。

待在这房间里，我很享受，我讨厌的只有那张墙纸。可有时我又觉得，我之所以享受，也许就是那墙纸的缘故！

我脑子里几乎全是它！

我躺在这张像钉在地上一样一动不动的大床

上，目光又被墙上的图案吸引——老实说，这简直像练体操一样！墙角底部的图案保存完好，看得清楚，我就从那儿开始，一次次下定决心，集中精神，顺势琢磨起来，非要从这莫名其妙的图案里看出个所以然来！

图案设计我懂得不多，但对线条辐射、交替变换、层叠往复、均衡对称之类的东西，我还有些了解。可这张墙纸上的图案，不遵守任何我知道的规则。

除了看到图案随纸面的展开而重复，我再也看不出什么名堂。

从某个角度看去，每一段宽度相同的墙纸都自成一体。膨胀的曲线和夸张的纹理排成孤立又愚蠢的纵队，左摇右摆地爬行，像患了震颤性谵妄的低劣的罗马式艺术。

此外，它们对角相连，难以辨识的复杂轮廓自上而下倾泻，好像海水中近乎癫狂地伸展着的一大簇海草。强劲的视觉冲击像海浪一样袭来，我又惊又怕。

而且，整体上，图案在横向扩张——至少看上去是这样。为了看出它的发展规律，我费尽心思。

还有横过来贴，作上缘饰带的那一道纸，更让我云里雾里！

房间的另一端，墙纸几乎完好无损。夕阳低照，暮光直射，光线不重叠时，我几乎终于能摸透纹理发散的轨迹：怪诞的线条似从同一个中心竞相冲出，各循方向，无休无止。

很快，我就两眼发酸，乏了。还是睡一会儿吧。

我也不知道我为什么要写下这些。

我不想写。

也觉得写不下去。

约翰肯定会觉得这很荒谬。但我不得不记下我的感想，不然我憋得要命！

可渐渐地，我觉得越来越难释怀。

我懒得吓人，经常一躺就是半天。

约翰说我必须保存体力，让我吃鱼肝油，给我准备了很多营养品，更不用说酒肉。

亲爱的约翰！他那么爱我，他希望我健康。我也试着清醒、理智地和他交心。前几天，我告诉他，我多希望他同意我离开这里，去见见亨利和朱莉娅。

可他说我去不成的，就算到了地方，身体也会垮掉。我话还没说完，就忍不住哭了起来。在他看来，我的病情还远远谈不上稳定。

清晰地进行思考变得越来越难。只怨我这脆弱的神经。

约翰温柔地搂我入怀,扶我上楼,把我放平在床上,坐在我身边给我读书,直到我听不动了,慢慢睡去。

他说,我是他的至亲、他的安慰、他的全部,我得为了他照顾好自己,让自己好起来。

他说,只有我自己才能救我,我只能靠自己的意志力和自制力去抵抗幻觉的蛊惑。

幸好,我的孩子不用跟这让人毛骨悚然的墙纸待在一起。他健康、快乐——这是我唯一的安慰。

我要是不住在这儿,那住在这儿的就是我的孩子!真让人庆幸!不是吗?我无论如何也不会让那脆弱的孩子住进这种肮脏的房间!

我如梦初醒。约翰让我住在这儿,真是那孩子的幸运!起码,跟那孩子相比,我更能对付这可怕的玩意儿!

跟他们,我当然不会再提起这墙纸,但我会紧紧盯着它的——我真是明智。

那墙纸里有东西。除了我,没人知道,也不会有人知道。

躲在图案后面的模糊形体一天比一天清晰。

它们长得一模一样,但多得吓人。

好像有女人在那儿！佝偻着腰，在那图案后面缓缓蠕动着身体，到处乱爬！真让人讨厌！我心里想，约翰，快带我离开这儿吧！

关于我的病，我很难向约翰启齿，因为他爱我，因为他聪明绝顶。

但昨晚，我终于开了口。

月光如泻，房间里亮如白昼。

我讨厌月亮，它在夜空中那么缓慢地爬行，依次出现在不同的窗户外面。

约翰睡得正香，我不想吵他。我安静地看着月光照上墙纸，那纹理起起落落，让人不寒而栗。

那藏在深处的形体，我还是看不清楚，可她竟摇晃着墙纸，像要挣脱牢笼！

我轻身下床，走到墙边，想看个究竟，可约翰突然醒了。

"怎么了，亲爱的？别乱走，会着凉的！"

我觉得这是个好机会，便告诉他这些时日我毫无起色，希望他能带我离开。

"为什么，亲爱的！"他一脸错愕，"租期还有三周，现在怎么走？

"家里还在装修，城里的事也没办完。当然，如果你有丝毫的危险，我能，也会带你离开，但亲爱的，不管你信不信，你真的好起来了！我是个医生，亲爱的，我懂。你长胖了，气色好了，胃口也有了，我多么欣慰。"

"我哪有长胖？"我说，"甚至还不如来的时候！也许晚上你在的时候，我是能多吃一点，但天一亮，你一走，我就一点东西也吃不下了！"

他紧紧地抱住了我，感叹地说："上帝啊！请保佑这任性的孩子……明早再说吧，夜深了，月色多迷人呀，先好好睡一觉吧。"

"你不走吗？"我伤心地问。

"亲爱的，我为什么要走？我怎么会抛下你呢？就剩三周，然后我们就走，去旅行，去散心，刚好珍妮也需要时间来布置我们的新家。你好多了，真的！"

"怕只是身体上好点了吧……"我有苦难言。他直直坐着，用严厉的目光责备着我。我一个字也不敢多说。

"亲爱的，"他缓缓开口，"算我求你。看在我的分上，看在孩子的分上，也看在你自己的分上，你不能再有这种想法，一秒钟都不行！再这样任性，你会走火入魔，没药可救！这只是你的幻觉——荒唐、愚蠢的幻觉！我是个医生，可以相信我吗？"

我只能把话咽回肚子里。很快，我们就睡了。他一定觉得我睡着了，可我一直醒着。我花了很长时间，想弄清那张墙纸表面的图案和藏在下面的形体到底是一起动的，还是各变各的。

白天，墙纸上的图案显得很乱。这样不合常理的设计，任何正常人看了，都会觉得懊恼。

墙纸的颜色恶心又浮夸，令人越看越气，而图案简直是在折磨人。

你会不自觉地陷到里面，不停地琢磨纹理的走势，可在你稍有头绪的时候，它就突然倒行逆转，让你措手不及。它会像噩梦一样打你的脸，击垮你，践踏你。

外在的图案是华丽的阿拉伯花饰，让人联想到菌菇。想象一下：一长串连体毒菌菇蓬勃发芽，不断生长，还都扭在一起，无限膨胀……对，一模一样！

有时候就是这样！

还有一个显著的特点——似乎只有我注意到了——那图案会随着光线的改变而幻化，真是奇怪。

阳光从东面照来的时候——我总是等着清晨照进房间里的第一束又长又直的阳光，它变化得那么迅速，让我难以置信。

因此，我不得不日复一日地观察。

而当皎月高挂，彻夜明亮的时候，这墙纸竟变得面目全非。

只要是晚上，无论是在什么光线下——暮光，烛光，灯光……但在月光下是最清楚的：墙纸表面俨然立着一根根栏杆！关在里面的那个女人更是真切！

那么长时间，我一直弄不明白，那隐隐作现的图案究竟是什么，现在我百分百确定——那就是一个女人。

我想，白天她一动不动、一声不吭。肯定是那些栏杆似的图案让她动弹不得。真让人难以置信。很久我都没回过神来。

现在，我总在床上躺着。约翰说，睡眠就是良药，我应该尽可能多睡。

但就是因为每次餐饭后他都要求我睡一小时，我才养成了这种习惯。

恶习，不是吗？没见我根本睡不着吗？

然而，我也不会告诉他们我醒着，欺骗从中滋生，天哪！

可事实是，我有点怕约翰了。

有时他看起来非常古怪，连珍妮也是一副莫名其妙的表情。

有时我会突然想到，就像做出了一个科学假设——或许就是那墙纸的缘故！

约翰不知道，我在暗暗观察着他。我会找些最无害的借口突然进来，发现他也在看那墙纸——好几次了！珍妮也是！有一次我还看见她用手摸它！

当时，她不知道我也在屋里。为了不失态，我努力控制情绪，用最轻柔的声音问她："你在干吗？"她做贼心虚似的转过身来，很生气地喊了一句："你吓死我了！"

她说这墙纸掉色，一碰就脏手，我和约翰的衣服上全是黄色的污渍。她让我们一定小心，别再碰着它了。

多好的借口！但我心知肚明，她也在琢磨那图案！不过，除我之外，没人能参透其中的玄机！

近来，生活真是增色不少。我有了更多能期待、能盼望、能关注的东西。我胃口比平时好了，我也比以前更安静了。

见我这样，约翰高兴极了！有一天，他甚至开怀大笑，说我简直是重获新生——虽然还是忘不了那张墙纸。

我回以一笑。如果我告诉他，就是那张墙纸让我重获新生的，那他还是会嘲笑我的。他甚至会带我离开！

现在我一点也不想走了，除非我能完全把它看懂——还剩一周时间，我想我能做到。

我精力旺盛，夜里几乎不睡，就那么兴致勃勃地琢磨着图案的发展。但白天，我睡很久。

白天，那张墙纸了无生趣，我一点也看不明白。

那串毒菌菇不停地生长，新芽在黄色的阴影里绽露。我屏住呼吸，集中精神，试着数清有多少菌菇，却怎么也跟不上它们繁衍的速度。

我从没见过这么怪异的黄色！我在脑海里搜寻各种不同的黄色——不是毛茛那样漂亮的黄色，而是某种古旧、肮脏，令人厌恶的发黄的东西。

还有，它散发着某种莫名的气味！当初，我一进门，这气味就扑面而来，只因空气流通、阳光明媚，才不那么刺鼻。可近一周以来，这儿雾气缭绕、阴雨连绵，就算窗户大开，那气味还是堵在屋里。

它爬满了整个屋子。

它一会儿在餐厅里盘旋，一会儿在客厅里潜伏，一会儿又在走廊上游荡。上楼时，它好像就在楼梯尽头等我。

它无孔不入,甚至钻进了我的头发。

连我出门骑行时,它都跟着。乍一回头,惊着了它,它就往鼻子里钻!

难缠的怪味!我花了大把时间分析,想弄清它闻着到底像什么。

起初也并不难闻,倒让人觉得温和、奇妙,还很耐闻。

潮湿的空气让它变了个味儿,变得让人反胃。夜半惊醒,我睁眼就能看见它在我头顶萦绕。

起初它让我心烦意乱,恨不得一把火烧了这房子,揪它出来。

但渐渐地,我习惯了。我能想到的唯一一样跟它相像的东西就是那墙纸的颜色!黄色的气味!

墙上还有一条可笑的印记,从低处的护壁板出发,穿过整个房间,从每一件家具后面经过,除了那张床。一条又长又直又平的污渍,好像被摩擦了一次又一次。

不知道是谁留的,怎么留的,又为什么要留。就这么一圈一圈,一圈一圈,眼都看花了!

我终于有了发现。

经过了几十个夜晚,目睹了几十次变幻,我终于有了发现。

那图案确实在动！而且毫无疑问！就是后面那个女人在晃它！

有时我以为后面有好几个女人同时在爬动，有时又觉得只有那一个——她爬得快了，一个人就能兴风作浪。

在明亮的地方，她静静忍着，可一到阴影里，她就抓紧栏杆，用力摇晃。

她想爬出牢笼。每分每秒她都在努力。但没人能从这令人窒息的桎梏中挣脱，难怪上面有那么多脑袋。

她们拼命挤出身来，又立马被那图案勒住，脑袋倒悬，眼白暴露，像吊死了一样。

哪怕有东西盖住这些脑袋，或者索性将其砍下来，都不至于这么恐怖！

我觉得那个女人白天就逃出来了！

为什么？我告诉你——就私底下说——我看见她了！

在每一扇窗户的外面，我都能看见！

是同一个女人！因为她总在爬行——在白天，大多数女人都不会这样。

我看见她在幽长的小径上来回地爬。我看见她在葡萄藤缠绕的凉亭里。我看见她爬遍了整个花园。

她沿着树下的长路爬，有马车经过时，她就躲到旁边的黑莓丛里。

我怎会说她的不是？要是被人发现她白天就这么爬来爬去，那多尴尬！

我也在白天爬行，但我会锁上房门。晚上不行，因为约翰见了，肯定会有所怀疑。

他现在脾气古怪，我得小心翼翼。最好让他换个房间！而且除了我自己，我不想让任何人看到那个女人在夜里爬行的样子。

我常想，我能不能看见她同时出现在每一扇窗户的外面？

可我眼睛转得再快，也做不到。

她一直在我目力可及的地方，但或许，她能爬得比我眼睛转得还快！

有时我还能看见她在远处的乡野里，爬得像风驰云走般迅速。

要是把那表面的图案剥下来就好了！我想试试，一点点来。

还有一件有意思的事，但现在还不能说！太相信别人是不好的。

只剩两天时间可以剥下墙纸。我觉得约翰快要发现我的意图了,我不喜欢他看我的眼神。

我听见他问了珍妮一些有关我的专业问题。珍妮说得绘声绘色。

她说我白天还是嗜睡。

约翰早就知道我夜里睡得不好,虽然我很安静!

他也问了我各种问题,一副深情的样子,装模作样!

好像我猜不透他心里在盘算什么似的!

倒也难怪,毕竟他也在这张墙纸下睡了三个月。

除我之外,没人对它有什么兴趣,但我觉得它也暗暗影响着约翰和珍妮。

哎呀!只剩一天了,但我想时间足够了。约翰今天在城里过夜,今晚才出发。

珍妮想陪我睡。这狡猾的狐狸!但我说,我一个人睡,才能休息得更好。

还好我聪明,因为我其实根本不是一个人!明月升空,那个可怜的女人就躁动起来,不停地晃着牢笼,我就立刻起来去帮她的忙。

我扯,她摇;她扯,我摇。天还没亮,我们就剥下了一大片墙纸。

从上到下，墙纸已经撕到我眼前——只剩一半了。

可等太阳出来后，那丑陋的图案就开始笑我。我愤愤发誓，一定要撕个干净，就在今天！

明天我们就走了，他们把我的家具都搬到了楼下，房间变得空空荡荡，和来时一样。

珍妮目瞪口呆地看着我的杰作。但我笑着告诉她，我这么做，完全是出于对这邪门玩意儿的厌恨。

她笑着说，这种事她一个人来就行，我不能受累。

她终于暴露了险恶的用心！

但我寸步不离。除了我，没人能碰它——没有一个活人可以！

于是珍妮就想赶我出去——太明显了！但我说，现在这儿安静了，宽敞了，干干净净的，我想尽力再多睡一会儿，晚饭时也别把我叫醒——我醒了会告诉她的。

然后她走了，用人也走了，房间里只剩这张被定住的大床和原就铺在床上的一层帆布床垫。

今晚我们会睡在楼下，明天就坐船回家。

我舍不得这个房间，现在它又变得光秃秃了。

那些孩子曾在这里跑来跑去、四处吵闹。

这床架已饱经年月，磨损严重。

但我没时间多想，得开始干正经事了。

我把门反锁，把钥匙扔到了楼下门前的小道上。

我不想出去，在约翰回来前不想被任何人打扰。

我要给他一个惊喜。

我偷偷藏了根绳子，连珍妮都没发现。如果那个女人出来了想逃，我就把她捆住！

对了！差点忘了，我没地方站脚，够不到那么高的地方。

这床它怎么都不动！

我又推又抬，手麻脚酸，一点用也没有。我气得厉害，从床角上一口咬下一块木头，却伤了牙齿。

我踮起脚，把我够得着的墙纸全都扯了下来。墙纸粘得很牢，像上面的图案一样顽固。我能听见，那些被勒住的脑袋、滚圆的眼睛和扭曲的毒菌菇正尖声嘲笑着我！

我愤怒到什么玩命的事都能做得出来。跳出窗户是不错的选择，可窗户栏杆根根立着，牢不可破。

何况，我不想这么做。当然不想。我很清楚，要是真往下跳，岂不是自己证明自己有病？

连窗外的东西我都已经看腻歪了，全是爬着的女人，还爬得那么快。

莫非她们都和我一样，是从这张墙纸里逃脱出来的？

但现在我安全得很，被这无形的绳子牢牢捆着。别想把我也弄到外面的路上！

我甚至觉得夜里我该躲回那图案里去。那可不容易！

能从墙纸里出来，到这宽敞的房间里，想怎么爬就怎么爬，简直妙不可言！

我不想离开这儿。即使珍妮让我出去，我也不出去。

因为到了外面，我只能在粗糙的地面上爬，那地还全是绿的，不是黄的！

但在这儿，地那么光滑，我肩膀和那条绕墙一周的长长的污痕刚好契合，所以我不会迷路。

约翰居然在门外！

没用的，年轻人，你进不来的！

听听！你嚷吧，敲吧，都没用的！

听听！他喊着要斧子呢！

我真不忍心看那漂亮的房门被劈碎！

"亲爱的！"我隔着门，柔声说，"钥匙在屋门口的草丛里呢！"

他一时竟说不出话来。

然后他说——用我几乎听不见的声音:"开门,亲爱的!"

"我可开不了门,"我说,"钥匙在屋门口的草丛里呢!"

我又轻又慢地说了一遍又一遍,直到他不得不下楼去找。还真被他找到了。然后他开了房门,却怔在门口,一动不动。

"怎么了?上帝啊!你在干吗!"他快要崩溃了。

我继续任性地爬着,但我扭过头来,眼望着他。

"我总算逃出来了!想阻止我?就凭你和珍妮?墙纸我撕得差不多了,你们休想再把我关回到里面!"我说。

他一个男人,居然晕倒了,还倒在我前面挡了我的路。看来我不得不一次次从他身上爬过去了!

(1890年)

巨藤屋

"别乱动我新栽的紫藤！你这孩子！看你都干了什么！你把新芽都弄坏了！从不让你做什么针线活、家务，还让我们不得安生！"

她双手倏地收回，紧握胸前挂着的玛瑙十字架挂坠，手指下意识地颤着，身体绝望地跪倒在地。

"把我的孩子给我，母亲。不然我不得安宁！"

"嘘，嘘！你这傻瓜！小点声！有人来了！看，你父亲又来了！回你的房间，马上！"

她缓缓抬头，望着母亲的脸，双眼疲惫不堪，但目光里隐隐透着一股难以形容的光芒，像鬼火般忽明忽暗。

"您真的一点也不可怜我吗？您也是个母亲！把我的孩子还我！"

她放声哭号，苦苦哀求，声音古怪、低沉，直到嘴巴被父亲捂住。

"不知羞耻！"他咬牙切齿地说，"回房间去！今晚不准出来，出来就把你绑了！"

女人只好起身，一个板着脸的女佣跟着她回了房间。回来后，女佣把一把钥匙交给了太太。

"她还好吗？还有孩子——也还好吗？"

"她很平静，德怀宁太太，今晚应该没什么问题，您放心吧。孩子一直不安分呢，但您大可不必担心，孩子有我带着，长得可好了。"

女佣离开后，女人的父母留在房子二楼的门廊上。廊柱豪华气派，傲然耸立，藤蔓攀缘而上，宛若浮雕；疯长的新叶似奢靡的挂饰，在月光中投下朦胧的倒影。月移光斜，浅影在厚重的橡木地板上伸展，形如渐渐舒张的五指。

"我的丈夫，当初在船上，你送这藤木给我的时候，我真没想到它能长得这么好呢。"

"是啊，"他的嗓音里饱含悲苦，"让你蒙了羞的，也是我！早知会这样受罪，我宁可撒手不管，让船沉了，让那孩子淹死，还落得干净！"

"别这么刻薄，塞缪尔，那可是一条人命，你不怕吗？她痛不欲生，只想要她的孩子，还有那点可悲的自由！"

"不，"他阴冷地说，"我一点都不怕。她已经失去了比命还重要的东西;何况,她很快就能呼吸到新鲜空气,明天就有船送我们回英格兰了。没人会知道我们的过错——没人!我们也不是第一个这么做的,光是在这镇上,来历不明的孩子就不少,但愿有人肯抚养这孩子。会有好心人的!真正让人庆幸的是她堂兄还愿意娶她,我们该心存感激。"

"你告诉他了?"

"当然!你觉得我会一声不吭,就让别家也蒙羞吗?他是一直爱慕她的,她心知肚明,却熟视无睹,简直顽固不化!现在由不得她了!"

"他会善待她吗,塞缪尔?他能……"

"善待?别天真了,能娶她就不错了!善待!她上辈子积的德都用尽了,才有男人愿意娶她!只要进了咱家的门,他就会永远守着秘密,这家丑就不至于让人知道。"

"她要是不肯嫁怎么办?他就是个乡下人,她躲都来不及呢。"

"你这女人,还有点理智没有?明天我们离开以前,她要还是不依,就让她永远待在那房间里吧!她还没傻到那种地步!只有他才能让她做个正经女人,也只有他才能让这个家保住颜面,免受耻笑。一个新的开始、一种新的生活,才能做这遮羞布,她还指望什么？她那么想要孩子？那就给她个正经孩子！"

他两手抱在胸前，迈着沉重的步子，在门廊上徘徊。地板偶有松动，一踩就嘎吱作响，一响他便转身踱回。他愁容满面，抿嘴沉思，来回走了很久。

他头顶上叶影摇曳，恍若无声的讥笑。黑影时而投到他惨白的脸上，衬起荒火般忽明忽暗的目光。

"啊，乔治，快看这房子！多棒的房子！里面肯定闹鬼！夏天我们就住这儿了！叫凯特和杰克，还有苏茜和吉姆也来，绝对值当！"

年轻的丈夫总对妻子宠爱有加，但他们总得先弄清楚状况。

"亲爱的，这房子出不出租另说，能不能住人都不知道呢。"

"里面肯定有人，我去问问！"

一条幽长的马车道通向屋子的正门，绿树成荫但横枝挡道，似已久无人行。车道的尽头，大门紧闭，门上锈迹斑斑，铰链脱落。草地上还有另一条小径，像是常有人走才走出来的。珍妮太太沿小径走去，恭顺的乔治紧跟在后。古宅的前窗毫无装饰，但在房子后部，有一间耳房，屋门敞着，窗上也挂着白色的帘子，像是有人住着。屋外，五月的暖阳下，能清楚地看见一个正埋头洗涮的女人。她礼貌、友善，好像见这寂地孤宅竟有人来访，便难掩欣喜。她说估计这宅子可以外租，但她不清楚，因为宅子的继承人久居欧洲，早已将转租权托给了纽约的一位律师。多年前宅子里还有人住，但那是在她来之前。她和她丈夫只是被人雇来留守在这儿。"也不是他们有多在乎，就是为了不遭偷抢罢了。"她说。珍妮细细看了看宅子内外，家具齐全，装修虽不时髦，却很精致，她甚至觉得她一个人就能打理好它——"只要他愿意租下它！"

天遂人愿，乔治恰好认识那位律师，宅子顺利租了下来。而且，一处新兴海滩度假胜地也离得不远，更让人觉得，在炎炎夏日，这宅子值得一住。

凯特和杰克，还有苏茜和吉姆，都欣然应邀。时至六月，几对男女正高高地坐在前厅的门廊上。月光如注。

他们上下里外，把宅子探了一遍——顶层阁楼宽敞的房间里空无一物，只剩一个摇摇欲坠的摇篮；地窖里有一口井，没有井栏，里面挂着一根爬满锈迹的铁索。宅子周围曾生机盎然，美不胜收，有珍贵的古树和葱郁的灌木，如今却枝缠影乱，阴森可怖，一派荒芜惨淡的景象。

透过二楼的窗户，原本能看到开着老丁香、金链花、绣线菊和紫丁香的庭院，现在也只剩稀疏的灌木和破败的花圃。一株巨大的紫藤几乎完全遮住了宅子的正面。根在门廊角落的台阶旁扎着，那主茎如树干般粗壮，附着廊柱往上攀去，密密麻麻的藤蔓紧紧缠绕，处处打结，廊柱像被死死勒住似的，扭曲、错位，僵直又无助地斜着。

交织的茎蔓和枝叶像一堵篱墙，横过门廊，扒着屋檐，原本支撑它的檐槽也难以幸免，被整个抓起，高高举着，绿影所经之处，窗户都透不了光。从房顶到地面，藤蔓上挂满了芬芳的花朵，满眼怒放的紫，俨然一张招摇的花毯。

"你见过这样的紫藤没有！"陷入狂喜的珍妮不由惊叹，"光是坐在它下面，我就满足了！它不需要任何衬托，边上长一棵无花果树都是多余的，甚至是对它的亵渎！"

"看来珍妮也只能对它情有独钟了，"乔治说，"因为她很失望。第一眼看见这宅子，她就说它闹鬼，可这儿连个鬼影都没有！"

"可不是嘛，"珍妮戚戚地说，"我缠着那可怜的佩普里太太整整三天，也没问出什么头绪。但我相信，这儿肯定藏着秘密，我们要做的，就是找到秘密！这样的宅子，这样的庭院，还有那样的地窖，你说这儿不闹鬼，连鬼都不信！"

"我同意，"杰克说，"就算找不到真正的鬼，也得编个鬼故事，这儿真是让人文思泉涌。机不可失！"杰克是纽约一家日报的记者，和珍妮的漂亮妹妹已有婚约。

她就坐在杰克身边，一脸埋怨。"别傻了，杰克！真正的鬼就在这儿，轮不到你装神弄鬼！看那些躲在荒草丛里的矮树，怎么看都像是因为害怕厉鬼才蜷在那儿的！"

"我看倒像个弯腰采野果的女人。"吉姆说。吉姆正是娶了乔治那漂亮妹妹的人。

"别瞎说，吉姆！"那年轻貌美的女士冲吉姆喝道，"珍妮说得对，我也那么想。看看这地方！就看这台阶上爬着的藤蔓！怎么看都像弯曲的身体，卑躬屈膝，摇尾乞怜！"

"是啊，苏茜，"吉姆只好应承，"你这么一说，还真是像。看那腰呀，总有两码宽吧，竟然扭成那样，真够夸张的！"

"你们这些男人，别都那么讨人厌！话不投机，就随便去哪儿抽根烟吧！"

"我们能懂！也相信你们！你们要我们怎么想，我们就怎么想！"说完，他立马在这儿发现了难辨的血迹，又在那儿发现了畏缩的身躯，人人都紧张得瑟瑟发抖，亢奋到精疲力竭。终于起身回房时，那股兴奋劲仍未冷却，个个都说今夜无法入睡。

"肯定会做梦，"珍妮还没缓过劲来，"明早大家都说说梦到了什么！"

苏茜也激动得难以平静，只见她一阵趔趄，松垮的地板差点绊倒了她，好在乔治及时扶住了。"对了，"乔治说，"进出都记得走那边的门，前门那根柱子可不是闹着玩的，歪头斜脑，指不定什么时候会倒，要是被砸到，就真成鬼了！这儿还有块翘起的地板，开得跟活板门似的，下面黑咕隆咚，掉进去到头，估计连中国都到了！"

次日清晨，大伙儿安然无恙地围坐在桌边，吃了顿丰盛的新英格兰式早餐。门廊上传来敲打割锯的声音，工匠随叫随到似的，一早便开始忙活，像要把宅子大卸八块。

"这房子都快塌了，"工匠说，"木头都蛀空了，幸亏有这巨藤固定，不然早就七扭八歪了。"

这话不假。珍妮胆战心惊，让他们千万别伤了这巨藤,工匠们便从容地干着活,倒也轻松不少。

"来说说鬼吧。"杰克一口气吃了四块烤薄饼后说,"我碰上鬼了,搞得我现在一点食欲都没有!"

珍妮轻声惊叫,煞有介事地放下了刀叉。

"啊,我也是!我也梦到鬼了,太可怕了,也不能完全说是'梦到',我感觉到了它的存在。可惜我什么都不记得了!"

"肯定很恐怖,"吃着第五块烤薄饼的杰克应道,"快说说,是什么感觉。我的可以一会儿再说。"

"现在想来都叫人毛骨悚然,"她说,"我猛地惊醒,浑身上下都有种不祥的预感,觉得有不好的事情要发生!我没一点睡意,四周安静到能听见几里外的乡间的微弱动静。空气里飘满了颤动的怪声,虫鸣草动,枝摇叶落,全都听得出来!昨晚风不大,月光透过窗户,在黑色的老旧地板上留下三块方形的亮斑,藤叶的黑影像根根手指似的满地爬动。哦,对了!姑娘们!还记得地窖里那口讨厌的井吗?"

说到那口水井,所有人都屏息凝神,兴奋极了。珍妮喜不自胜,又说:"我怕吵醒乔治,就一动不动地躺着,但每一声响动,我都留神听着。我清楚地听到井里传来那条铁索在石头上摩擦、碰撞的声音。好像那井就在我房间里似的!"

"太棒了！"杰克惊呼，"精彩！我要让它登上周日的报纸！"

"别插嘴！"凯特说，"珍妮，那井里有什么？你看到什么了吗？"

"抱歉，我什么都没看到，我根本不敢去看。我不小心吵醒了乔治，他看我吓得魂不附体，就给了我一颗安眠药吃，说他下去看看。吃了药我一会儿就睡过去了，之后就什么都不知道了。"

"杰克，轮到你了，"吉姆说，"你俩遇见的是同一个鬼也说不定呢。我猜，那肯定是个饥渴难耐的恶鬼，或许当年就有'禁酒令'之类的东西。"

杰克折起餐巾，做出煞有介事的样子，往椅背上一靠，缓缓开口：

"大厅里的钟指向十二点——"

"大厅里哪来的钟？"

"嘘！吉姆，别破坏气氛！当时，我那老式怀表上显示还不到一点。"

"沃特伯里*！算了，管它几点！"

"总之，和我们可爱美丽的女主人珍妮一样，我也是突然惊醒，然后再也睡不着了。同样，我也

---

* 指杰克。——译注（若无特殊说明，后文皆为译注）

注意到了月光和那些细微的声响。不知是吃错药了还是昨晚受了你们的影响，看到那女鬼的时候，我简直没法相信自己的眼睛。没错，是个女鬼！我还天真地以为那女鬼美丽动人，没想到她竟然——对！和昨晚看到的那些扭曲、畏缩的身形长得一模一样！她全身被一条巨大的披巾裹住，手臂揽着硕大的异物。天哪，赖我嘴笨，那模样简直难以形容！气氛恐怖到令人窒息。那女人步态急促，近乎癫狂，她忽地掠过房间，找到一个放在幽暗角落里的旧储物柜，打开了抽屉，像在找什么东西。等她转身，我瞥见那个用细细的金项链穿起、挂在她胸前的红色小十字架在月光下发光。随后她飘然离开，那十字架仍闪着光。我就记得这些。"

"杰克，别说得那么吓人！是真的吗？就这些？你觉得她是谁？"

"我是天生不会讲鬼故事的，只是就事论事，说的都是亲眼所见，绝没夸大！那女鬼活像有盗窃癖的女佣，偷了东西，准备亡命天涯——我觉得这是唯一合理的解释，由不得我不信。"

"你真过分，杰克！"珍妮不由惊呼，"原本还一身鸡皮疙瘩，你这么一说就一点都不恐怖了！"

"现在才上午九点半呢，太阳当头挂着，外面还有人干活，哪有什么恐怖可言！不过，你们要是等不到太阳下山的话，我倒可以说点吓人的东西，"乔治接过话茬，"毕竟，等珍妮睡着后，我亲自去了趟地窖。"

女士们齐声惊呼，珍妮也真诚地向她的伴侣投去了感激的目光。

"我暂且相信你们躺在床上都能看见鬼影，或者——听到鬼声，"乔治继续说道，"先不说我是个内科医生，我知道什么是神经紧张——全当是怕这宅子遭贼好了——总之，等珍妮睡着后，我就去了趟地窖。只是——请相信我，换了现在的我，绝不敢再去了！"

"为什么？你发现了什么！"

"天哪！乔治！"

"我点了根蜡烛——"

"点蜡烛找贼。"一旁的杰克低声说。

"我把整栋宅子都仔细巡视了一遍，才准备去看看地窖，和那口水井。"

"果然……"杰克说。

"你们尽管笑我。可那地窖在白天就阴森森的，晚上更是漆黑一片,那恍惚的烛光就像猛犸洞*里飞舞的萤火虫一样,让人浮想联翩。我就着烛光,每一步都走得艰难,生怕一不当心就跌到井里。突然,我一个踉跄,地上似乎有异物隆起。站稳后,我慢慢蹲下,想看个究竟——烛光下趴着个被披巾盖住的女人,就在我脚边!我差点被她绊倒!还好没踩到她!昏黄的烛光下,她那双惨白又消瘦的手紧握着那根铁索,和杰克说的一样,那红色的小十字架就挂在她胸前!我从来不信这世上有鬼,也绝不欢迎任何不速之客在夜里出现在我住的地方,所以我严厉地责问了她,她却像没听见一样。于是,我弯下腰,想抓住她,然后……我立刻蹿上了楼……"

"为什么?"

"怎么了?"

"发生什么了?"

"什么都没发生——她根本不在那儿!当然,那可能是错觉,但作为医生,我建议大家别没事找事,半夜去地窖里找刺激了!"

"这是我听过的最有意思、最灵动、最捉摸不透的鬼了!"杰克发出惊叹,"井底肯定藏着她的

---

* 又译"马默斯洞穴",世界上最长的洞穴,位于美国肯塔基州。

金银财宝！不信我们去看看！"

"好主意，杰克！"

"看看那下面究竟有什么秘密！"

众人纷纷附和。随即，穿着华丽的女士们由英勇无畏的男士们护送，往地窖进发。男士们有说有笑，却也难掩紧张。

古旧的地窖藏在地下深处，幽暗无光，需要照明。那井里也一片漆黑，不见一物，女士们心里都打起退堂鼓来。

"这水井深不见底，没准连鬼都害怕。我看我们还是别多事了。"吉姆说。

"真相就藏在下面，我们必须把她找到，"乔治说，"过来帮我一把！"

吉姆挺身而出，拉住了铁索，乔治开始转动老得嘎吱作响的辘轳，杰克却在一边加油：

"这下面不是汪洋大海就是泥潭沼泽！我猜，那鬼下去那会儿就把命丢了！要想拉上来好像不容易啊！"

见铁索被一点点拉起，渐渐变轻，众人都神经紧绷，地窖里如死一般安静。终于，费尽千辛万苦，水桶总算进入视野，被缓缓拉出，晃晃悠悠，黑色的液体左扑右溅。见状，众人不禁却步，急切的目光中透着胆怯。随即,他们往桶里又戳又捅——"只有水。"

"除了烂泥,什么也没有。"

"等等——好像有什么东西……"

他们把桶里的污泥倒在地上——女士们逃离地窖,跑回地面,在阳光下喘着。她们聚在门廊上,听着锯子和榔头的噪声,闻着崭新木材的气味。她们一言不发,直到男人们上来找到她们。珍妮怯怯地问:

"乔治,你说它几岁了……"

"总有一个世纪了吧,"他答道,"那是碱性的水,尸体不容易腐烂……啊!你是问……那孩子还很小,刚满月吧!"

众人又陷入无言,直到一边传来的叫喊声打破了沉默——工匠已把门廊上的地板和围墙拆除完毕。阳光穿越地表,直往地窖里扎,照向灰暗的石壁。角落里盘绕着的那株巨藤的根,绞着一个女人的尸骨,那精致的红色小十字架仍由细细的金项链穿起,在她脖子上挂着。

(1891年)

摇椅上的女孩

我俩走在又暗又窄的街上,四下都是不起眼的民居,破败、拥挤,如同废墟。忽然,一道晃眼的阳光一闪,像一个信号。

古旧的砖墙紧紧依偎,但低矮的屋檐间留着缝隙。落日余晖从中钻过,渗出一抹平直、明亮的阳光,穿过那扇窗,落在她金色的头发上。

她静静地坐在一张摇椅上,一前一后地缓缓摇着。椅背很高,椅身上缀着黄铜,不时折射出刺眼的光。她不抬头,但那头金发在夕阳下熠熠生辉,像要把整条街照亮。

我们停步望去,望得出神,不经意间,目光扫到低处的窗上贴着的一张告示——"房间出租,内已装修"。我们不由心动,快步过街,敲响了那扇泛黄的旧门。

平缓的脚步声渐渐靠近,屋里还传来稚气又轻柔的笑声，可门一打开，那笑声便戛然而止，眼前站着一个苍老的妇人，她神情呆滞，目光暗淡。

"是的,有房间出租。""是的,可以先看看。""不不，请一切自理。""不不，我们不提供三餐。"她领我们上楼时，仍在自言自语，重复着这些话。屋里的装修普普通通，大概和这条街上的其他房子一样，毕竟，这一带住的都是穷人，没半点繁华可言。

她带我们看了连在一起的两个房间，装修就那么回事，全无特别之处，显眼的，只有窗前那张仍在轻轻摇晃的铜皮大椅。

但那金发女孩没了踪影。

也许是幻觉——我几乎能听到女孩的裙摆舞动时发出的沙沙声从里屋传来，像莞尔浅笑时的呼吸声一样轻微。可通往里屋的门关得严实，我忍不住问那老妇，能不能看看其他房间，但她说其他房间不租给外人。

我和哈尔借步商量片刻，便拿了主意，要租下这两间房，并马上入住。鬼使神差一般，我们被那束晃眼的阳光吸引到这儿，房租对我们来说也不算贵，我们没理由再犹豫什么。所以我们也不还价，立刻回原来的住处稍作收拾，当晚就搬进了新家。

我和哈尔都是报社里的年轻员工，说难听点，是穷酸秀才；说好听点，算是以文学为信仰，虔诚无比又野心勃勃，在芸芸众生里摸爬滚打，但求出人头地的文人。虽说工作繁重而收入可怜，但想闻达一方，这是必由之路。某种程度上，我们就像古代骑士的仆从，身份低微，不停重复着繁重的体力劳动，整天拭甲磨剑，疲于奔命。不同的是，仆从至少忠于主人，且心存敬畏，但我们对高高在上却徒有虚名的业界翘楚们难有倾慕，而这一点也确实是有充分理由的。当然，换作我们，若有那样显赫的声名，做的事情会比他们做的高尚得多！

或许仅仅是出于新闻从业者与生俱来的对"素材"的灵敏嗅觉，又或许是出于对未知事物的莫名好奇，我们都被这儿深深吸引。可原因不重要，我们已在此住下。

我和哈尔从小认识，一直同甘共苦。他是个乐观、实在、头脑清晰的人，我却非常敏感，还颇有浪漫情怀。性格上的互补，更让我们的友谊牢不可破。

我们情同手足，无话不说，又彼此尊重，不碰底线，关系一直和睦，少有波折。

我们饶有兴致地打量着新居。哈尔住空敞的前屋，我的房间更小一些，与他一墙之隔。

我想，他肯定是因为喜欢那窗户和摇椅才选择前屋，我则想离那紧锁的房门更近一点。偏好不同，我们心照不宣。

"你确定不要我这间吗？"哈尔特意问道，心里倒好像另有思量。

"不用，真的。"我同样有所保留地答道，"你那儿只能看到外面的街道，我这儿的景观可好得多了。除了那张摇椅，你那儿没什么值得羡慕的！"

"你可随时来坐，"他客气地说，"别看它样子一般，坐着可舒服了！"

那摇椅是很舒服，确实舒服，我们甚至抢着去坐。椅背很高，顶部稍稍向前弯曲，两角呈笨重的方形。底部弯木的两端、椅臂前部尖直的扶手，以及其他边边角角、凹凸不平的地方，都镶着黄铜。

"这玩意儿拿来攻城都行！"哈尔说道。

他坐着摇椅，在窗边悠然自得地缓缓摇摆，吞云吐雾；我背靠床脚，懒懒地坐在地上，看新月慢慢西沉，渐渐被远处的房顶挡住。月光惨白。

终于，月亮消失了，房间里越来越暗。哈尔陷在椅中，只能看见他英俊的脸廓，还有那弯曲、曼妙的黑影——椅子在昏暗的夜色里来回摇摆。

"莫里斯，你觉得是什么让我们转眼就到了这里？"他在一片漆黑里问道。

"三个原因，"我说，"首先，我们要租房；其次，房租不贵，条件尚可；最后，就是那头金发。"

"说得没错，"他同意道，"还有吗？"

"还有……你这人讲究证据，我说了你也不信。我觉得隐约有股没法抗拒的力量——至少是种吸引力吧，说不清楚，也并不完全是因为那头金发。"

"不。这次我同意你说的，"哈尔应道，"我也有同感，况且我也不是那么死板的人。"

我们沉默了片刻——可能更久，也许我睡过去了。突然有什么东西在我手臂上轻轻划动，定睛一看，我竟躺在哈尔和他的摇椅边上。

"抱歉，这椅子会走路，不是第一次了。"见我惊醒，他如此说道。

我记得我也在地毯上挪了位置，但地上没铺地毯，可能是我做了梦吧。

他起身把椅子摆回原位，然后我们便各自上床睡了。

连接两个房间的门我们一般不关，因此各自待在房里也可以畅谈；但那晚，我倒头就睡，一觉到了天亮。我想我一定是梦游了，因为哈尔怪我半夜还跑去坐那摇椅——他清清楚楚地看到，我的身影在星光下轻轻摇摆。

"不会吧，"我说，"肯定是你在做梦。你满脑子都是那椅子，不梦到才怪。"

"那就是吧。"他一笑，"我宁可是做了噩梦，也不想我们为了这点小事多费唇舌。全当是鬼怪作祟吧。走，去吃早饭！"

越来越令人不解的是，搬来这儿已有些时日，可那头迷人的金发却从没出现在我们面前。对此，我们仍保持着沉默，谁也不提。

有时我听见里屋有轻微的响动，房子里不知何处，会飘来低浅的笑声，但更多的还是那位老妇平缓的脚步声，虽然她也不常露面。

我只能从街上远远地看她，我们不在家时，那个金发女孩仍会不时坐上那张摇椅。对此，哈尔根本不信——我们出门时都会锁门，除非她还有另一把钥匙——可那女孩确实会出现在那扇窗里。哈尔忘了我房间里还有扇门！但这事我没提醒过他。我们虽有分歧，但没互相埋怨，而是找机会偷偷蹿上楼去，想惊她个措手不及，只是一次也没成功过。每次我们进门后，那女孩都已不见，只留一张轻轻晃动的摇椅，有时我甚至能闻到一股残留的淡香，一种让人莫名忧伤又浮想联翩的味道。终于，有一天——当时我以为哈尔在家，便随手推门进屋，谁料竟看到了她！可惜我还是没能看清她的容貌。见我进去,她轻身跃下,动如脱兔,转眼便溜进里屋,我的余光掠过她的身影,她没给我多看一眼的机会,便消失了。我跟上她,不停地为我的唐突道歉。但来不及了。那扇紧锁的房门死死堵在我面前。我只能望门兴叹。

房东的可爱女儿肯定是个怕生、害羞,又忍不住在家里没人的时候偷偷享受自由的孩子。

我心情好了不少。毕竟,我见到她了。她美得与众不同,既让人无法抗拒,又像谜一样难以参透。我暗暗在脑海中描绘她的样子,等不及想再见她一面,但在哈尔面前,对这次邂逅,我只字未提——这对她很不礼貌!我想,肯定有什么原因,让她很喜欢坐在那里,因此我们一定有机会再遇见。

于是,我想方设法提早下班,趁哈尔还没回家,就以各种急事为借口,闯进他的房间。

我从没想过哈尔会背着我搞什么名堂,可一次接着一次,我以为他还在镇上工作,没想到他竟先我一步回到家里,见我进门,就开始略带尴尬地向我解释。可在我看来,有些话他根本没必要说。他的异样让我心生怀疑。

很快,我的怀疑便得到了印证。一天傍晚,夜幕刚落。我走到街角,便看见那扇窗开着,那头金发正一来一回，有节奏地摇动着，和灰暗的窗棂形成了鲜明的对比。没错——还有哈尔！他站在楼下，仰望着她，她探出头来，也看着他，冲他微笑，然后，他立刻走进门去。

我加快脚步，连走带跑，总算赶上了那一幕。那椅子不再摇晃，她转过头来，我隐约能看见哈尔就站在她身后的暗处。

我扭头离开，失魂落魄地穿行在大街小巷，漫无目的地游走了个把钟头，或许更久，不知在哪儿对付了晚餐，恍恍惚惚，直到深夜才回到住处。我心如刀割，乱作一团，竭力自控却难以平复。我偏执地认为，他无权和她私会，只有我才可以，却找不到令人信服的理由。但我愤怒极了，莫名地愤怒。

上楼前，我抬头望去，灯光打在白色的窗帘上，摇椅偌大的黑影停在那儿，纹丝不动。忽然，一个人影晃过——是哈尔，正抽着烟。我上了楼。

他热情地打了招呼，问我在哪儿吃的晚饭，为什么这么晚才回来，脸上淌着刻意的笑容。互有隐瞒的感觉让我难过又憋屈，可他什么也没说，我也什么都没问，一夜沉默。

对他的自私，我心里尽是责备，可我自己那次，我不也是只字未提？只是，满脑子的问题让我心烦意乱：他们到底见过几次？有没有说话？如果有，她跟他说过些什么？她究竟在那儿坐了多久？

我辗转反侧，哈尔也一夜未眠，我能听见他坐在摇椅上时椅子发出的响动。吱呀声忽近忽远，起初尚在窗边，一下又挪到床沿，一不留神又跑来我的门前——一张会走路的摇椅，真是奇了。

天快亮时，我困乏的神经再也无法忍受那扰人的声响。

我说道："求你了，哈尔！别再发出那声音来了！睡觉去吧！"

"什么？"外屋传来慵懒的声音。

"别装傻！"我喝道，"你在那儿摇来摇去，没完没了，我整晚都没合眼！别再摇了，赶紧上床！"

"上床？我就没下过床，你才该上床！你自己在那儿摇了一宿，还要怪在我头上？"

我听得一清二楚！一整晚！都是那椅子的声音。

我悄悄起身，潜进他房间，想逮个正着，看这没一点时间概念还胡言乱语的家伙要怎么狡辩。

月光如注，房间里到处点缀着微弱的光。我对这两个房间了如指掌，摸黑都能走到隔壁，可我刚进他房间，就一个趔趄，重重摔倒在地。

哈尔立刻从床上跳下，擦亮一根火柴。

"没事吧，伙计？"

我受伤了——就是他干的好事。那椅子根本不在它该在的地方，就那么杵在门口。肯定是他听到我的脚步声，故意把它停在那儿，然后溜回床上！我赌气似的推开他伸出的手，忍着剧痛起身，一瘸一拐地走回房间。我的脚踝撞上了椅子底部弯木的黄铜尖端，痛得要命。我从没见过这样的摇椅，这设计摆明了就是要伤人。哪有这么硕大、笨重，平衡性又差的摇椅？哪有这样每一处接头、每一个角上都包了黄铜的怪物？我和哈尔吃了它不少暗亏，尤其是晚上我们完全不记得把它放在哪儿了的时候。虽说如此，但一直以来，都是小磕小碰，从没像今天这么痛过。我心想，哈尔不是那么恶劣的人，大概也不会玩这种把戏，只不过除了脚踝，我的心也隐隐作痛。我爬回床上，翻覆难寐，忽而小盹，忽而又惊醒，睡得断断续续，直到天明。

平时，哈尔是个讲理的人，可这次他一口咬定他一直在睡觉，是我在整夜摇晃。我渐渐失去了耐心。

"你开什么玩笑！简直是无中生有！"我终于控制不住情绪，"你跟我开开玩笑，我不介意，即便有时会非常伤人。但开玩笑是有底线的！"

"说得一点没错！"他郑重其事地还了嘴。于是，这事便没了下文。

几天过去，哈尔不停地和那金发少女私会。从街上，我能瞥见他们共处一室，我想看清他们究竟在干吗，于是苦等许久，但都是徒劳。

相比我和哈尔的疏远，这更让我无法忍受，或许正因如此，我们之间的隔阂才会加深。我想，我俩之中，终有一人会自愿离开，但谁都不会甘心把那房间、摇椅，还有那未知的美丽拱手相让。

一天清晨，我意料之外地回了趟家，看见神情呆滞的女房东在收拾房间。我突然生出兴致，和她攀谈起来。

"您家这椅子真是件上乘古董！"见她站在椅边用围裙机械地擦着黄铜，我故意发出感叹。

她凝神望着那光泽不再的家伙，脸上闪过一丝骄傲。

"是啊，好椅子。"

"有些年月了啊！"我紧咬不放。

"确实很老了。"她简短地答道。

"可我记得，摇椅是不久前才被美国人发明出来的吧！"

她仍无动于衷，只是面无表情地看着我。

"是西班牙货。西班牙橡木，西班牙皮革，西班牙黄铜，西班牙……"我没听清最后那句。她默默地离开了房间，没再多说什么。

那东西样貌奇怪、醒目，似乎一碰就倒，可坐起来又很舒服。底部的弯木后端又尖又长，好像时刻都在伺机伤人，弯木前端又被截得很短；高得不正常的椅背让椅子顶部尤显笨重，再加上弯木前端又很短，会让它往前倒下，倒得轻易又凶猛，惊人又吓人。

所谓"杀机"，我倒体验过了，好几次一不小心碰它一下，它就咣地倒在我身上，哈尔也经常中招，连连叫苦。不过，纵然遍体鳞伤，我们也从没生出要挪走它的念头，因为每每夜幕低垂，她就爱坐在那儿，在夕阳下缓缓摇晃。

于是，每到傍晚，我俩都会尽早挣脱工作的枷锁，冲着那神圣的窗户，奔回这肮脏的街道。当然，我们都各走各路，从不一起。

有时哈尔先到，我就只能在街上流连，眼睁睁地看着他的头和那有着迷人金发的头如依似偎，好不亲近。可当我先他一步到家时，她只会从窗口对我怪异一笑，让我不知所措。待我上楼，她便没了人影，通向里屋的门仍赫然紧闭，将我无情地挡在外面。

有几次，我只慢了一步，追到门前，门闩咔嗒一声,刚好闩上,我甚至能听见门那边宽松长裙飘动、落止的轻响。可希望一如既往地化作失望,热情被一天天浇灭,痛苦被一次次唤醒,我只好像丧家之犬一样跪倒在门前,觍着脸哭诉,向她表达爱慕,简直绞尽脑汁、掏心挖肺,只想求她开门,别再这样折磨我了。

哈尔变得沉默寡言,目光游移。除了那套酸文假醋,对那女孩的事,他竟装出一副漠不关心的样子。我只能随他去了,"骗子"二字都写在了脸上,我难道还能视而不见,继续拿他当兄弟看吗?

一天傍晚,那抹平直的阳光照进窗里,我看见他在摇椅上坐着,那女孩竟把脑袋靠在他肩上。我忍无可忍,这场仗他真的赢了?如果他赢了,那我只求见她一面,然后自当识趣地跟他们道别,永远地离开。于是,我拖着沉重的脚步上楼,哐哐地敲门,听哈尔说"进来",我便推门进去。可眼前只有哈尔一人在椅子上抽烟——是啊!刚才还搂着她呢,动作可真够快的!

显然,那根烟才刚刚点起,竟想用这种卑鄙的伎俩蒙混过关!

"哈尔,你听着,这样的煎熬,我忍不了了。我只求你答应我一件事。让我见她一次,就一次。然后我就走,再也不会夹在你们中间!"

闻言，他站起身，两眼直直盯着我看，接着甩手将整支烟扔出窗外，快步走到我面前。

"你疯了吗？我让你见她一次？我跟她一句话都说不上呢！你叫我让她见你？你明明——"他转身走开，没再多说。

"我怎么了？"今天我无论如何要让他把话说清。

"我亲眼看见你几乎每天都跟她见面、说话，你自己做过的事，你自己知道，还用我来戳破！"

"是的，确实不用，"我咬牙切齿，"胡说八道也得上税！没错，有次我恰好撞见她了，瞥到她一眼，可没等我开口，她就跑了。除此之外，我根本就没在这屋里看见过她，连个影子都没！在街上我倒总看见她。跟谁一起？你比谁都清楚！"

他的脸色瞬间变得惨白。他踱步到窗前，又转过身来。

"我连你所谓的'撞见'都没有。我才是站在楼下看着你们的人！"

我们看着对方，看了很久。

"刚才你没在窗边，"我打破沉默，慢着声问，"没坐那椅子，没用手搂她，都是我的幻觉，是这意思吗你？"

"别说了！"他扯开嗓子，冲我猛地甩出手来，手却重重打上椅角。他捂住豁开的伤口，下意识地抹着血，眼睛仍死死盯着我看。

"我看见你了。"我说

"你看见个鬼！"他声嘶力竭。

我缓缓转身，走回自己的房间。他和我亲如兄弟，我实在不忍再继续戳穿他的谎言。

我用手枕着头，靠在床上，听见隔壁房门一开一合，他愤愤下楼，脚步匆匆，接着"砰"的一声，摔门而去。他走了，不知去了哪儿。如果他想不开，我一句话就能让他回头，可我不想再去劝他。我在床上坐了不知多久，心里的爱慕、嫉妒、愤恨，都交织在一起，化作一股绝望。

突然，隔壁传来椅子缓缓摇动的声音，吱吱呀呀。我悚然惊醒，心想可能是——是的，肯定是她！我猛地站起，凝神屏息，轻轻推开了门，探出身去，看见她正坐在窗边，向外望着，还朝楼下打出飞吻的手势。她多美啊！实在太美了！我两脚不听使唤似的向前迈出一步，两只手同时伸了出去，嘴里开始语无伦次……紧接着，楼梯上响起了哈尔的脚步声。

她也听见了，随即从我身边溜走，还回头看了我一眼，那目光里满是神秘，透着一丝得意，像在戏弄我一样。就在这时，哈尔冲进房间——看见了她离开时的背影。他气势汹汹地朝我走来,那架势像要当场把我生吞活剥。

"滚开!"他怒喊道,"我要跟她谈谈。"他用受伤的手指着窗户,像在说"我全都看见了"一般,然后又说:"让开!"

"她不在我房间,"我回道,"她去了另一间房。"

话音刚落,就有清脆的笑声萦绕在我们周围,轻到几乎听不见,近到像从我肘边传来的一样。

他一把推开我,用力甩开隔门,闯进我房间,却扑了个空。

"你把她藏哪儿了?"他用近乎命令的口吻问道。我冷冷地看着他,指指那扇通往里屋的门。

"你跟她就隔着一道房门?原来如此……"他咧着嘴,似笑非笑,脸上爬满了恨意,"怪不得你喜欢这房间,这就是你所谓的景观!让我也开开眼界!"说着,他把手放到了门把手上。

我只能无奈一笑,事实证明,那门是不会开的,至少我的甜言蜜语和苦苦央求没有任何效果。让他也像我一样跪那儿哀求去吧,我暗暗想着。可让我目瞪口呆的是,他真打开了!我飞一般扑到他身边,往门里看——一个狭小的壁橱,空无一物,像棺材一样!

他恼羞成怒地扭过头来,面色惨白地盯着我看,我一点也不在意他,只是怔在那儿。

"你把她怎么了!"他吼道,然后一脸鄙夷地说,"问你这骗子,问了也白问!"

我漠然以对,惘然走回哈尔的房间,痴痴望着窗边那张巨大的摇椅。

他紧跟着我,怒不可遏又难掩失望,一手紧紧按上椅背,粗壮的手指似要捏碎一切,指甲都已发白。

"你会离开这儿吗?"他问。

"不。"我答。

"我不会再和一个谎话连篇的叛徒一起生活。"他说。

"那你就该杀了你自己。"我说。

他喃喃念着什么,愤愤朝我扑来,却被椅子绊倒,重重摔在地上。

我心里涌起一股恶意,恨不得一脚踩在他脸上,像踩死一只蚂蚁一样。但我咬牙忍住冲动,转身离开了房间。

我回来时,天已亮了。太阳还没升起,整条街尚在沉睡,屋檐、砖墙、以及街景灰暗的线条,在寂静中越发清晰。我毅然决然地敲门进屋,想告诉房东我完事就搬走,然后上到阁楼、下至地窖,把房子里的门都敲了个遍,房间都查了个遍,没落下一个角落。可整座房子里，只有我和哈尔的房间翻修过，其他的都已残破不堪，空置已久，除了满地灰尘和墙角的蛛网，什么都没有。

我站在我们的房门前，心如沉石。

门里传来了老妇平缓的脚步声和那女孩低婉的笑声……我冲了进去。

可迎接我的仍是空空荡荡、毫无生气的房间。

对，毫无生气。哈尔僵直地躺在窗下，我飞奔过去，心中翻涌着一辈子的爱。

他死了。死得很惨。身上留着三道深深的三角形伤口——我起身四顾，那椅子竟消失得无影无踪！

顿时，那低吟般的笑声又在我耳边响起。我吓疯了似的，不顾一切地逃了出去。

我走在街上，浑身颤抖，忍不住回头看了它一眼——那古旧的窗，像命运的审判一般，远远地注视着我。

旭日升起，阳光掠过成片的屋顶，平直地落在街对面的窗格，从容地折射出一抹耀眼的光辉，洒向那张巨大的摇椅。她笑容甜美，眼睑低垂，惬意地坐在摇椅上，那金色的长发正缓缓摇曳着。

（1893年）

第二部分

觉 醒

"我走了。我会照顾好格尔塔。再见,马里昂。"

世事无常

1

法国人总说:"将至之事,皆不可测。"我喜欢这话,因为它说得对,也因为它是法国人的隽语。

我是爱德华·卡彭特。

我出生在美利坚,但和美利坚也缘尽于此——年幼时,照顾我的保姆是法国人,教我识字、给我启蒙的家庭教师是法国人,我上的学校也是法国人开的。成年后,我专心进修法兰西艺术,在性格上、思维上,我都是法国人。

法兰西!现代法兰西!法兰西艺术!现代法兰西艺术!——我流着法兰西的血液。

我尊崇写生画派,师从迪歇纳先生。说是"师从",其实我只知其名,从未和他本人谋面。近年来,不仅是画廊收藏其大作,市面上也一时一画难求。

奇怪的是，在巴黎，至今还无人有缘与迪歇纳先生一见。世人知道他的住处，却唯望车马出入高墙，只见仆人不见家主。他闭门谢客，不近世俗，又或许，他早已离开巴黎。总之，他行踪成谜，我等泛泛之辈，只能遥敬。

我私藏着一张草图，是迪歇纳先生的手笔——一幅尚待完成的伟大画作的铅笔草稿。只能等待。

迪歇纳先生坚守无模特不成画的原则。的确，这是让作品真实、准确，又令人信服的唯一途径，我也恪守此道。我深信，画作一旦失去依据，便成了德式幻想画或英式室内画，是对现代法兰西艺术的玷污。

无疑，我一介生手，出道未久，画能贱卖就已谢天谢地，自然囊中羞涩，所以很难持续找到模特。

不过，天赐乔吉特！

当然，之前我也曾结识埃米莉和保利娜。但现在我有了乔吉特。她简直美若天仙！

这绝非妄言。虽说没什么灵魂可言，但乔吉特有堪称尤物的身体。我需要的正是这副身体。

我和乔吉特互相欣赏，处得融洽。艺术家幸得如此伴侣，婚姻又算什么？说得没错！智者阿尔丰斯·都德*！

安托万是我最要好的朋友。我们一起作画，共醉丹青。乔吉特是我最亲密的搭档，我们很有默契，合作愉快。

光阴荏苒，岁月静好。打破宁静的，是一封美利坚来信。如飞石掠过，惊起波澜。

信从新英格兰东北部不知何处寄来。缅因？不，是佛蒙特。那里竟然还有位叔祖父惦记着我。

无独有偶，这位身在千里之外、余日无多的叔祖父不知是老来心血来潮，还是中了邪，竟迷上了法兰西艺术。至少除此之外，我没法解释他为什么千方百计地寻找我的下落，还委托律师留给我近二十五万美元的遗产。

可敬可佩！

只是，为了妥善处置这笔巨资，我迫不得已，要远走美利坚一趟。不舍巴黎，不舍安托万，不舍乔吉特！

何等僻壤，能像佛蒙特一样，离巴黎如此遥远？安达曼群岛都近得多！

---

* 法国著名小说家，曾在作品中谈论艺术家的婚姻，此处意思是主人公的观点与都德的观点吻合。

何等亲戚，能像安、乔二人，和我情同手足？没人能比他们更亲！

可世事无常。天哪！这远房堂亲，她美得让人窒息，美得没有国界，美得让我忘了我是从哪儿来的，美得让我把巴黎、安托万——是的，甚至还有乔吉特——都忘到了云外。可怜的乔吉特！——命运弄人。

她不同于其他远房堂亲，她美得让我丢了魂一样。我迫不及待地靠近她，问她的名字，对她的一切都充满好奇。

她的名字是玛丽·D.格林列夫。我叫她玛丽。

她是波士顿人。

可除了名字，我对她一无所知。这位乡村姑娘美得让人词穷。美人我见得多了，女佣也好，主妇也好，或者模特，美这东西因人而异，但她身上的美，真是耀眼！无瑕的轮廓！

不，何止轮廓？"轮廓"一词用在她身上，简直是种侮辱。那副身体——完美如狄安娜*。"身体"和"轮廓"完全是两码事。我是个艺术家，久居艺术之都，我知道区别在哪儿。

---

* 古罗马神话中处女星的守护神、狩猎女神和月之女神。

遗产不劳我费心,交给波士顿的律师就行。

三月的佛蒙特,空气里都弥漫着欣悦。远方山峦叠翠,白云缭绕,四周草木茂盛,生机盎然——我决定再待些时日,写生。啊,当然!还有那羞怯的灵魂,正等着我去唤醒。

"玛丽堂妹,"我说,"来,我教你画画。"

"那太难为你了,卡彭特先生,怎能浪费你的时间?"

"叫我爱德华!"我变得情绪化,"我们不是堂兄妹吗?叫我爱德华!求你了,玛丽。我愿意教你,想来教你,'难为'什么?和你一起,多久都不算浪费!"

"谢谢,爱德华堂兄,你的好意我心领了,可我实在不想劳你费心,而且我没法在这儿久留,我得回波士顿,我姨妈那儿。"

三月的波士顿,空气也很好。名胜遍布的城市,到处是年轻、热切的美利坚艺术家。我决定再待些时日,跟律师处理遗产,毕竟数目不小。

我不停地拜访玛丽。我是她堂兄不是!

我和她聊生活,聊艺术,聊巴黎,聊迪歇纳先生,跟她分享那张珍贵的草图。

"可是……"她打断我,"我也没你想象中那么没见过世面,巴黎我也去过——和我叔父一起,虽然是很久以前的事了。"

"天哪,玛丽,"我急不可耐,"哪怕你连波士顿都没去过,我的心也不会动摇。巴黎去一次怎么够?再去一次——我带你去!"她会打心底里笑我、抗拒我吧。可不是嘛!我简直是在求婚!

不过很快,我发现,她同样深受传统女性观念的影响。于是,我请她读《艺术家的妻子》*。谁料她早就读过,还连都德带我,一起嘲笑!

我苦口婆心,告诉她我亲眼见过天赋异禀的艺术家因为传统观念的束缚而归于平庸,她却不以为然,甚至坚称"哪怕辜负了天赋,也不能丢了女人的尊严"。如今的姑娘,不可理喻!

不过,我绝非半途而废、容易投降的人。我试过横下心,破情执,并远走纽约,可讽刺的是,说远怕是还不够远——念念不忘间,我又不知不觉转回波士顿来。

心上人啊,你何以如此古板!她和姨妈一起生活。要说行不苟合、思想偏执,这位姨妈恐怕比玛

---

* 都德所著短篇小说。

丽还要厉害。正是面对如此二人，我"苟延残喘"了整整一个月！

我一次次约她见面，送花送到手软。我请她去剧院赏戏，连她姨妈也带着。对此，她姨妈倒是相当惊讶。美国人总喜欢爱人亲人打成一片，爱情亲情混为一谈。我无法苟同。我的妻子，一定是我要奉若瑰宝的女人。——对，妻子，她一定会成为我的妻子。

有生之年，我从未这样狼狈，被揶揄得体无完肤，被反驳得无言以对。一个总爱嘲笑，一个尤善辩论。美人可畏，姨妈可怖。

画，看来是唯一的解药。玛丽总是看着画出神，似乎真的能欣赏它们，甚至接近某种理解。因此，我难免心存微弱又模糊的希望，但愿她会不吝目光，赏脸看我的画。想想，一个艺术家，能有位迷恋艺术的妻子——欣赏他的作品，出入他的画室——等等……模特！如先前所说，我要画画，就必须有个模特。可不用都德来说，我也深知，在一般女人眼里，那些做模特的女人是怎么回事！

再看看眼前这位一板一眼、谨小慎微的新英格兰姑娘！——如何是好？也罢，或许来画室前，她会先知会我的，到时再好好解释，盼她理解我吧。

总之，此生难逃婚姻，已是定数！

认命就是。

印象中，她拒绝了我不下十次，每次敷衍，用的都是荒唐的借口。说什么对她还不了解。说什么我们话不投机。说什么我是法国人，她是美国人。说什么我爱艺术，超过爱她！对此，我说我把笔丢了，上街拉琴或者去银行上班都行，就是少不了她。我这样信誓旦旦，她反倒给我脸色，摇头挥手，要把我轰走。

真是奇了，"反复无常"用来形容女人，真是用对了地方！

我屡战屡败，但屡败屡战。

非人的折磨持续了约一个月，直到五月一个温柔的傍晚。我偶然看见，她倚窗而坐，独自一人，暮光中的孤芳静美动人。

她低头凝望着手中的鲜花——我送的花。晚霞橘红，她坚定、纯粹的身影愈显清晰。

我靠近她，默默立在一旁，注视着她，倾慕之余，心中涌起一股绝处逢生的狂喜。一滴珍珠般晶莹透亮的眼泪滑过她的脸庞，轻轻落入紫罗兰里。

终于，苦尽甘来。

我一跃向前，单膝跪地，然后捧起她的手，贴了上去。我喜不自胜,一片痴情化作喷涌而出的话语:"你爱我!啊,上帝!我是那么爱你!"

不过,到了这个地步,她仍未彻底卸下防备。她依然坚称我还不了解她,执意要向我解释。见状,我立刻低下身,抱她,吻她,说:"你爱我。这就够了。我也爱你。不需要多余的解释。"

她只好把话咽回,白皙的双手绕过我的肩膀,目不转睛地望着我的眼睛。

"我相信你,"她开口道,"我会嫁给你,爱德华。"

说完,她侧脸依偎在我怀里,双颊泛起浅红,透着温热。片刻的宁静,幻似永恒。

2

距离那时刻仅两个月,结婚也不过两周。第一周,恍如身在天堂;第二周,就像深陷地狱,暗无天日!上帝啊!我的妻子!我女神般完美的妻子竟然……一周以来,我强忍怒火。我感到恐惧,我鄙视自己,怀疑自己,憎恨自己。被我发现了!我诅咒自己。没错!也诅咒她,诅咒那个男人。我要杀了他!就在今天。

现在三点,不到四点我杀不了他,因为他四点才来。

待在这儿,正对那个房间,我感到惬意,非常惬意。我静静等着,思考、回忆。

让我想想。

先杀了他。轻而易举,不必犹豫。

她呢?杀吗?

留她一命,我怎么面对她呢?还要牵她、吻她?还要继续这可悲可恶、半月就死的婚姻?不,她也得死!

她就算不死,也得在羞耻中活着。她有羞耻心吗?

死了算了!

我呢?

我能忘了她吗?我能手染鲜血、背着罪恶活下去吗?我能忍受和画笔一起,孤身过完一辈子吗?

不!我绝对忘不了她!

还不如一起上路!

听!那是脚步声吗?还不是他。

遗产已妥善安置。安托万比我优秀,他更像个艺术家,有了这笔钱,他一定会大放异彩。

还有乔吉特,她也该得到照顾。离开他们以后,过了多久?他们的样子模糊起来,感觉好遥远啊。或许时间不久,但乔吉特爱过我,我一直相信。至少比一周久。

耐心等着。——等到四点！

再想想。——不必了！都准备好了！

两把手枪，子弹已经上膛。她也喜欢手枪。前几天我们才一起试过准星，她倒真是多才多艺，打得真不赖呢！

等待——思考——回忆。

容我回忆片刻。

认识她一周，穷追她一个月，结婚半个月。

她总说我不了解她，总说她理应坦白，只是我从没给她开口的机会。她一副不吐不快的样子，但我宁可什么也不知道，只是一心信任。那褐色的明眸，如透亮的溪水般清澈！那迷人的微笑！真不该想起这些。

确定要这么做吗？非做不可！我不禁嘲笑自己。

她的所作所为，没有男人能容忍。结婚才两周，她就成天溜到外面，一个人鬼鬼祟祟，面纱、披风，全副武装，跑到这乱七八糟、全是浪荡玩意儿的地方——这所谓的"纽约画楼"。画家？我是个画家。画家什么样我还不知道吗？

她天天来这儿，在那房间里待着，什么也没跟我说。

我好好问她："亲爱的，这些天你白天都忙些什么？"

"啊，很多事！"她说，"我在学习艺术——为了让你开心！"

真够高明的！怕是她自己也知道暴露了行踪，做贼心虚了吧。

我说："莫非我教不了你？"她答说："我一直跟一位老师学呢，不能半途而废。我想给你一个惊喜！"头头是道。

但我紧盯不放，跟着她找到了这儿，在这小屋里藏着、等着。总算让我发现了！

学艺术？鬼都不信！那房间根本没租户，只有你，而他每天都来。

等等！那是脚步声吗？还不是他。我守着、望着、等着。毕竟，这儿是美利坚，不是法兰西，不能轻举妄动。毕竟，她是我的妻子，只要没抓现行，我仍想相信她。可那男人每天都来。他那么年轻、英俊——容貌如恶魔般完美。

我终于忍无可忍，走到那扇门前。轻敲几下，没有回应；转转把手，幽门紧锁。我蹲下，从钥匙孔里看去。你猜我看见了什么？我的天哪！

椅子上摆着那男人的帽子和披风，椅边立着高高的屏风,后面传来轻声细语!

昨天我一夜未归。膛中的子弹也等到了现在!

脚步声。是他!我听见他轻声推门进去,屋里响起她的声音。"你迟到了,纪尧姆!"她说。

让我给你们一点时间。

现在,轻轻地,我来了。我可没迟到!

3

我屏气凝神,穿过走廊。门没锁。我破门而入。

我那年轻的妻子脸色惨白地站着,惊得浑身发抖。她无话可说。

屏风后站着纪尧姆——真是英俊。我扣动扳机,枪响了两下。纪尧姆跌坐在地,哀号震天。玛丽冲过来,挡在我俩之间。

"爱德华!听我一句!这辈子就请你听我这一句!那枪是仿制的,亲爱的,里面是空包弹。我早就改装过了。我知道你怀疑我,可我想给你惊喜!都被你打乱了。现在我告诉你,亲爱的,这儿是我的画室,你那张草图,我完成了,就是这张。我就是迪歇纳先生——玛丽·迪歇纳·格林列夫·卡彭特。他是我的模特!"

4

后来,我们快乐地生活在巴黎,共用一间画室。有时也共用一个模特。我们一起嘲笑都德。

(1890年)

事随境迁

1

"就因为这可悲的偏见,你就要一再拒绝我吗?"他问道,"相比这种虚无缥缈、无情无理的性别偏见,我对你的全心付出就那么一文不值?你说你爱我,却不肯嫁给我,就因为什么'话不投机'!这是什么荒唐的爱情!"

"对爱情我自有看法,也不想辩解。"她从容应道,"我从不认为爱情能包容一切,不存偏见,也不相信'至死不渝'之类的鬼话;况且,我从没想过自己能配得上任何男人的'一生一世'。很抱歉,不论那些新英格兰女性如何受人非议,我就是她们之一。和她们一样,我也学会了如何思考、如何感知,最起码,我懂得了婚姻除了'同床共梦',更要'同思共想';而如果你不在乎,甚至连我最真切的想法和最诚挚的信仰都不屑理会,那我就是空有一腔感情,实则痛苦不堪,我将永远不会满足,永远不会快乐。你懂吗?正因为我爱你,所以我在乎。"

"是的,我懂!我全都懂!"他边说边悻悻踱到壁炉边,胳膊往炉架上一靠。炉内煤堆炽灼,发着光热。他像是去借个暖,稍停了一会儿,又反身回来,沉着气切齿道:

"这可恨的现代教育真是害人不浅!现在的女人为了所谓思想,连自己的身体和心灵都可以牺牲,连正常人的爱情都避之不及。就这么活,就这么死,对谁有好处?"

"我亲爱的乔治,是你的偏激让你失去了理智。也正是你的这种针对女性的偏见,像座大山一样挡在我们之间。如果你对你的心上人、对你的挚爱都心存成见,那么对你来说,将伴你一生的妻子又算什么?"

柔和的火光中,房间略显昏暗,她倚着古旧的铜绿色椅子,优雅地站着,用从容、淡定的目光看着乔治。顷刻间,仿佛时间凝固、画面定格,那情景像幅颇具情调的精美油画——静止的画面中,流动着年轻的气息,她的下巴轻轻上扬,神情中透出健康和美感;那婀娜的身姿、曼妙的曲线,以及每一个细节动作，都透着除智慧以外，"现代教育"赋予她的某种特质。

他一言未发，脑子里乱作一团，矛盾、挣扎。他很清楚，在多数情况下，他都能保持客观与理智，但几百年来始终占据主导地位、难以撼动的男性思维，深深扎根在他心里，一时半会儿也实在难以扭转。可即便如此，因为与生俱来的"骑士精神"和对心上人的一往情深，对她的话，他并未率性而答，而是小心翼翼地斟酌着词句，以免伤害了她。毕竟，在他个人看来，她的一番指责也并不是没有道理。

"究竟谁是谁非，今晚我不想再多谈什么。"他终于开口，"如果你非要安个'对女性心存偏见'的罪名给我，我无话可说，也理应识趣地离开，不再叨扰。来吧，我走之前，你愿意为我唱首曲儿吗？"

"当然愿意。"她答道，"但你应该明白，这完全是出于我的内心，而非理智，否则，我们又该为音乐吵一架了！"

他生出厌烦，却把差点脱口而出的反驳生生咽了回去，随她一起向那架钢琴走去。

2

次日,乔治·桑德斯和霍华德·克拉克在沙滩上散步。他们是大学时代的同窗密友,眼下亦共同投身于法律行业。他们身后是高陡的悬崖,希尔达·沃德的"私人别墅"就危立在那峭壁的顶端。

如她所言,她是新英格兰女性之一——相比愿意接受她们的男性,她们人数过众,以至于她们中的一部分竟因无法在国内结婚而不得不旅居国外,去寻求合适的伴侣。只不过如此一来,恐怕她们的祖国会遭受巨大的"人口流失"。

如今,做新英格兰女性蔚然成风,她们似已成为一个独树一帜的群体——无视传统,肆意妄为,撕毁教条,拒守成规,却仍活得很好;而且,较之各自家中已步入婚姻的姐妹,她们活得更加健康、快乐。当然,对社会而言,她们百无一用,因为在世人眼里,女人即使有所成就,也无法抵消她们在婚姻问题上的罪过。希尔达有望迈入她们的行列,因为她二十七岁了,已经周游各地,汲取新知,饱经历练,日渐"与众不同"。

克拉克也追求过她,虽然未得芳心,却也没受多大的情伤——这一点出乎他自己的意料,而桑德斯几乎同时为她倾倒，但幸运的是，他的努力不算全无意义，至少她承认自己心里有他，只是不愿结婚。

"霍华德，"两人烟不离手、郁郁不欢地走了整整一英里后，桑德斯终于开口，"你觉得，她在乎我吗？"

"她难道没告诉过你？"霍华德问。

"嗯，她是说过，可她的表现却截然相反。女人一旦坠入爱河，就绝不会因为和男人观点相左而犹犹豫豫。至少在这个国家，一百个女人里都找不出一个像她那样心胸狭隘的！真庆幸我就要离开这鬼地方了。"

"决定什么时候出发了吗？"

"如果希尔达还是模棱两可，那我今晚就走，先坐早班的船去波士顿，周三再乘伊苏里尔号出海。我订了舱位，到时要是无法登船，也可以退订。我离开前来这儿一趟，只因为心怀最后一丝希望，但愿——"他怅然噤声，不愿再说下去了，疲惫的双眼看着一望无垠的大海。

"振作点，乔治！"霍华德吼道，"世上没一个女人值得你这样付出！你早该成为这国家里一等一的律师。谁都无法想象，如果这些年你没把精力耗费在这样无情无义的女人身上，你会有怎样的成就！想想'阿什福德'那官司，你是怎么输的。你为什么输？不就是为了个女人而夜夜失眠，弄得跟行尸走肉一样，人不像人！还有，什么叫'公平'？如果女人能得到她们念兹在兹的公平，就不会有这么多女人孤独终老了！"

"别说了！"桑德斯说，"她是我心爱的女人。看在我的面上，你冷静点吧。"于是，二人又在沉默中走了许久，心情低落，直到他们抬头望见，希尔达就在高处的悬崖顶上。她步态轻盈，从容地走在崖沿上，身后那纯澈的天空衬出她清晰的轮廓。她也看见了他们，便沿着陡曲的小道往下走来。二人随即拔步，前去迎护。

"我自己能行，反正总要下去，"她冲他们说，"再说，相比两个人上来，一个人下去要容易多了。但现在我想先在这儿歇歇，刚从'鲨鱼岩'回来，有点累了。另外，我有个故事要讲给你们听呢，也想问问你们的看法。"

于是，二人停在一个无风的角落。沃德小姐正欲启齿，便看见一位她新交的朋友正一个人在不远处站着。那人异常魁梧，手里拿着帽子，神情略显茫然。

他是一位年轻的俄罗斯贵族，家财万贯，曾在他的国家显赫一时，却不幸被终身流放，如今只能拿着曾经的武器——他的笔——靠写作度日。

"斯特凡伯爵，不如加入我们？"希尔达问道，"今天我刚好需要几位听众。"

三位绅士寒暄了片刻，然后静立在她下方，仰视着她。

"一则小故事罢了，"她开口道，"但确有其事。关于故事里'谁是谁非'，我想听听你们的想法，最诚实的想法。记住——要说实话！

"曾经，有个年轻人，他善良、正直，智慧过人，性格却有点怪异，也非常固执；在事业上，恐怕是因为他的想法太抽象了，难以捉摸，所以没人相信他那套颠覆性的独特理念，也没人相信他终有一天会有所成就，但他志向远大，确实前途可观……然后，他遇到了一个女人。"

"果真如此。"桑德斯一本正经地说。

"命运的安排！"克拉克随即附和。

"他很幸运。"俄罗斯伯爵喃喃自语。

"好了，别再打断我了，"希尔达蹙了蹙眉，"这是个测试案例，我希望你们听完，能给出最冷静的判断。这年轻的女人爱上了他，想嫁给他——当然，不能说是她下了决心，一定要嫁，因为那不是她对待感情的方式。她是个好姑娘，漂亮、聪慧、精通音乐；在她的领域里，她是个天才。要不是一见钟情，他们肯定能成为至交。但是，他是个狂热又偏执的改革者，她却满脑子爱情和音乐；因此，虽然他也被她那种纯粹脱俗的女性气质深深吸引，不由动了感情，但他并不想娶她。

"他们亲密无间，无话不谈，一个是哲学家，一个是艺术家。两人逐渐陷入情网，他对她敞开心扉，无所顾忌，把一切都直截了当地说清楚了；他告诉她自己的打算、自己的期待，告诉她自己如何下了不婚的决心，告诉她自己自始至终都会是——当然也只是——她一个亲密的朋友。

"但这年轻的姑娘也有自己的打算和期待，年轻人的说辞，她根本不信，倒觉得如果自己嫁给他，肯定能让他在事业上更出色，在生活中更快乐。所以，她不思放弃，用心努力着。她并没有挖空心思地追求，只是作为一个知心朋友，迎合他的男性天性。她自认为是在追求爱情，所以心里也没什么不安；她深爱着他，非他不嫁，仅此而已。

"当然，其实一切都只是时间问题。他在感情旋涡里奋力挣扎，婚约订了又退，退了又订，两人分分合合、反反复复。但她总是占据着主动权，一会儿要求同情或友谊，一会儿又摆出一种冷淡的、带有责怪的沉默，只为让他再来见她一次。渐渐地，连他自己都觉得自己食言而肥，毫无信用，于是只好听之任之，然后娶了她。别忘了，无论如何，他心里都对她有爱，一直都有，只是他知道——"

"知道什么？"俄罗斯伯爵凝视着她，目不转睛地问。

"知道这场婚姻会如何收场。"

"最后怎么样了？"桑德斯满心苦涩地问。

"他害怕的事情终究还是来了。婚姻让他无心工作，身体上也不如往日那样精力充沛，一切都变得让他喘不过气来。在对他来说最重要的事业上，他开始走下坡路了，所以他苦恼万分，几乎一蹶不振。有了孩子以后，除了平日里繁杂的琐事，自然又要多操一份心、更受一份累，他的精神状态每况愈下，趋于崩溃。他变得神经紧张，敏感暴躁，渐渐失去理智，直到彻底地疯掉。最后，他自杀了。

"这就是故事的全部。我想问问各位，这样的悲剧，他们哪方该为它负责？"

"按你的意思，如果一定要在两个人里选出一个，"桑德斯说，"那就是这个女人的责任！虽然他确实很软弱——大多数人在类似情境中都会如此。"

"可她并没有强迫他结婚，"希尔达语气温和地提出反驳，"他大可逃离这段感情，或者索性严词拒绝。"

"那么请问，她这样穷追不舍，他又能逃到哪里去呢？即便有路可逃，也逃不掉的；更何况，要我说，他根本是无路可逃。再说拒绝，也错在她千方百计，把他带上了错路，直到他因为不想破坏自己的名誉而说不出拒绝的话，根本没法拒绝！落在这等诡计多端、机关算尽的女人手里，他躲不开，也说不了'不'。"

"我赞同乔治说的，"霍华德·克拉克说，"完全是这个女人的错。"

"容我一问，"俄罗斯伯爵操着带有异域气息的口音说，"是这位女士求的婚吗？"

"正是。"希尔达说。

"他有没有向她解释，他并不以那种方式爱她，有没有表明自己不能且不愿结婚的态度和原因？"

"解释得清清楚楚，也表明了不止一次。"

"还有，他应了婚约，却又食言，并弃她而去，然后又被她拽回到了身边？"

"没错。"

"如此,我也不得不同意其他二位的判断——这完全是她的错。"

俄罗斯伯爵平静地说着,但每个词都令人印象深刻,希尔达向他投去钦佩的目光,然后转头打量起另外二位。

"这些细枝末节都无关紧要,"桑德斯忍不住插嘴,"这种操纵他人、玩弄感情,还挟人软肋、强人所难的人,无论男女,都不可原谅!她是个罪犯!"

"但她深爱着他。"希尔达说。

"爱!毁了一个男人的生活!这叫'爱'吗?"桑德斯惊恐到再也说不出一个字来。

希尔达安静地坐了片刻。"你认为呢,克拉克先生?"

"我想说的,桑德斯都替我说了。很抱歉,也许话说重了,但她就是个自私自利的恶魔!"

希尔达长长地叹了口气。

"既然如此,我的朋友们,但愿你们说的都是心里话,"她终于准备揭开谜底,"讲故事的时候,我犯了个错——一个微不足道的错。事实经过都没有任何改动,我不过是调换了性别。这故事说的就是我朋友梅·亨德森和她的丈夫。"

俄罗斯伯爵略显错愕,惊讶之余,似乎在脑海中重新思考起这个故事。

桑德斯却尤显暴躁。

"这又是何苦,希尔达,这样一来,就完全不是一码事了!约翰·亨德森是个金融天才,他妻子却是个神经敏感的疑病症患者。她的离去,对约翰来说几乎是一种慈悲。"

希尔达睁着褐色的大眼睛,静静地注视着他。

"可她曾经那么健康,事业上有大好的前程,而且她明确告诉过他,她不想结婚——不能,也不愿意结婚。"

桑德斯鄙夷地笑了。

"女人大多都会这么说的,"他答道,"她美丽动人,作为男人,如果能让她答应,约翰想娶她为妻有什么错?如果她真不想嫁,就根本不该勉强嫁——这儿是个婚姻自由的国家!"

"我真高兴这儿是个婚姻自由的国家!"希尔达边说边站起身来,"你的回答,我非常满意。乔治,既然如此,那么昨晚你跟我提的那事,你的这个回答,我想我也同样适用?"

"我算是懂了,"他声音低沉地说,"真是个不错的圈套!"

"换了性别就完全不是一码事了!"克拉克先

生也按捺不住情绪,出声大吼,"什么都不一样了!"

"原来如此。"希尔达说。

"呃,沃德女士,"俄罗斯伯爵冷静地打断道,"你说除了性别,其他地方都没有变化——一模一样,对吗?"

"一模一样,斯特凡伯爵。"

"那就毫无疑问——结论也是一样。那个男人是罪犯!"

"不好意思——我不得不和大家说再见了,"桑德斯先生又插嘴道,"如各位所知,今晚我就要启程去波士顿了,周三就要出海,霍华德会陪我下去,送我离开。"

告别显得匆促而冷淡。

"不如我们一起下去?"见希尔达也动身要走,克拉克问她。

"感谢你的好意,但不了,我从上面那条路走。"

"我能陪你一起走吗?"俄罗斯伯爵问。

"当然,如果你不介意路陡风大的话。"

于是,两人同行而去。

(1890年)

珍贵的首饰

"舍曼,你为什么发笑?飘起的烟圈、廊上的屋檐,远处的天空?你在乐些什么?"

"没什么比吞云吐雾更让人宽慰了,哈尔,也没什么比那屋顶的模样更简单纯粹,比那蓝天白云更明净自然。我笑的是现在的这些姑娘。"

"啊!说的也是,时代变了,姑娘也确实越来越荒唐。但你指的是哪方面?"

"她们那高尚的社会责任感。你记得沃克小姐吧?我本与她颇有交往,共度过无数美好时光,不料到头来,她的乐观友善、通情达理,竟都是敷衍应付,还美其名曰是出于尊重,不想伤我的心。和我相处她怕极了,担心我会以为,你知道的——或者她自己会以为,你明白的——呸!对男人来说,这简直是奇耻大辱!"

哈罗德欣然默认。"是的,"他说,"我注意到了。

要不是出于纯粹的怜悯——还有自然的吸引吧,我想——就真的不会在乎什么。可如果你不给姑娘某种关注,就什么也干不了,跳舞啊,走路啊,或者经历任何一种时光。男人得夜夜不睡,来分配这些大好关注,不让任何人拿来做文章。"

哈罗德朝不远处的海边望去,人群在沙滩上嬉戏,在那儿,或许连随便把身子一紧,躲个大浪,都会被人当作一份"关注",然后拿来做文章。

舍曼·布莱克悠然自得地抽着烟,烟圈腾空飘向那简单纯粹的屋顶和明净自然的天空。他是一位有礼有节的绅士,待人十分友善,在他交际圈里的很多女士口中评价很高。只是,在他身边的人看来,他被他那极强的责任感压得有点喘不过气。哈罗德·奥斯维特是他的密友,年轻精明、见多识广,颇有文艺气息,且善于思考,热衷分析。

"你应该明白,舍曼,如今的姑娘毫无天真烂漫可言,都复杂得可怕,像谜一样难猜。天知道她们在想些什么?而所谓的'高等教育',似乎又让她们对自身的复杂有了一份强烈的自我意识。原本只是怪异、乖张也就罢了,现在还变得振振有词,什么歪理都能说正。要诚实守信、谦虚不矜的男人去对付这样的姑娘,岂非自讨苦吃?"

"一点没错,"舍曼表示同意,"那位沃克小姐对我的心意哪怕略懂一二,都不至于自添烦恼。她的所作所为,本身就很可悲——为了揣摩我的心思,真是煞费苦心,还自以为是顾及我的颜面,真是浪费时间!现在我懒得再联系她了,她想必还觉得我是为情所伤,一蹶不振了!好了,哈尔,我们午餐时见,现在我得赴约去了!"说完,他便整整帽子,快步出发,赶往下一个旅店去了。

哈罗德目送着他。

"真是世风日下,"他想,"一个男人想找个真诚又不做作的女人,别说谈婚论嫁,就是交个朋友,都难如登天。诚实!只要她们表里如一,我就别无所求!"

在"水景"旅店,朱莉娅·法韦尔倚窗而坐,出神地望向窗外。远处,一层迷雾罩着碧蓝的海面,一如她神情中的茫然。她母亲欣然向她走来,穿得大方得体,仪态祥和宁静。

"朱莉娅,你还准备和布莱克先生去散步吗?他在楼下,正等着你呢,还说你肯定把上午都安排好了。"

"老实说,妈妈,我也不知道。我一直抵触和他待在一起——他心里会有想法。"

"孩子，我明白你很慎重，但有时慎重过头，就是自寻烦恼。我倒觉得，你没必要那么在意他有什么想法。确实，你美得让人倾倒，可其他好姑娘也有一样的资本。如果一位年轻男士友好地邀请你，而你却总是认定他别有用心，岂不是有些无礼？你说呢，亲爱的？现实社会就是这样，有时你只能妥协。"

"妈妈，我知道我改变不了什么。但您应该清楚，要是一个男人对我有意，我再遂他的愿，跟他出去，那就是默认我也对他有意，要是最终没个结果的话，那就是我的错了。"

"是的，这我懂。可理智点吧！对你来说，社交是很重要的，你这年纪的姑娘，出门没个男士陪同，简直是辜负了大好青春。那些孤身上街的姑娘，往往背后遭人议论；反之，对男人来说，也是一个道理。我想，有一位男士这么友好、礼貌，绅士风度十足，作为姑娘，也不该过于挑剔。"

"话是没错，可妈妈，万一他们心急火燎，真想——结婚，他们也只能用同样的方式表现出来；您应该能理解。"

"孩子，这就是你不可理喻了！首先，一个男人有这种想法，你肯定心知肚明。再说，也不要疑神疑鬼，难道别人跟你说句话、谈个笑，就是要跟你结婚？我或许是过时了，但依我看，事先就画好界线，去分析每一个表情、每一句话，去试着照顾一个男人可能还离得老远的心，是不明智的。亲爱的，你不该背着这么沉重的包袱生活。保持你适当的限度，让他们去顾好他们自己。"

"妈妈，不如您和我们一起走走？不会走很远的。"

"谢谢你的美意，孩子，还是改日再说。一路小心，别弄湿了你的鞋子。"

于是，法韦尔小姐和布莱克先生出发了。阳光和煦，海风拂面，沿途的石林引人入胜，到处都是出双入对的男女，但他们不喜欢人多的地方，便顾自穿行于遍地黄花、矮树丛生的多石草滩，可又嫌骄阳似火、无荫可乘，只好下到低处的松林，在青翠欲滴、伸展如檐的茂密枝叶下歇脚。两人颇有兴致地摘起了鲜花，法韦尔小姐芬芳满兜，三两成束地拾掇着，布莱克先生则取下帽子，尽情享受着徐徐微风。他侧身倚在她膝边，眼里满是倾慕，心中也早已备好恰当的台词。随即，他应景地喊了她一声"朱莉娅"，告诉她"我明白你的心意"，然后勇敢果决地向她求了婚……

"我不知道，布莱克先生，我真的不知道！如果我知道，我哪会让你这样费心？我没法——也不能——答应。我根本没想到你对我如此用心，请相信我！"

一阵尴尬的沉默——他拨弄起手边的杂草，使劲揪起一把，又用手杖一头戳回土里。

"但愿你不会生气，布莱克先生，我也很喜欢你，但真的很抱歉……"

"感谢你的……好意。"

至此，谈话再难继续，两人一言不发地往回走去。

他彬彬有礼地向她道别，说希望能在冬天再见，然后毫无留恋地走回房间，开始收拾行李。

他的同伴则去找了她母亲。

"怎么了，朱莉娅，发生什么了？怎么这么憔悴，走得太远了吗？"

"是的，母亲，与其说我，不如说是他走得太远了。我说得没错吧？我早就知道会这样不欢而散。我不答应，他就生气，还讽刺我，好像是我勾引了他，又玩弄他。我那么小心谨慎，可还是这样收场！"

"别傻了，朱莉娅。你没做错什么，孩子，不必自责。别人向你求婚，难道也是你的错？我年轻时被求婚过五次，没任何一次是我主动给的暗示。所以，亲爱的，没什么值得难过的，明白了吗？"

"我难过的不是这个，妈妈，我难过的是，为什么一个女人竭尽所能,却还是不能遵从内心,按自己的想法活!这是最后一次了,今后我无论如何也不会再因此而伤神,我会尽我所能,享受我该有的生活。"

"孩子,能这么想,便再好不过,但愿你说到做到,这样你一定会活得更快乐也更从容。同时,你也绝不会因此而失去魅力。但最重要的是,你得像正常人一样思考。"

哈罗德去喊朋友共进午餐,却发现他正忙着收拾行李,只见他一通胡丢乱扔,像在拿它们出气。

"这是怎么了,舍曼?"他体贴地问,"谁又惹着你了?"

"我搭下午的火车回去。"他似乎一个字也不愿多说。

"出什么事了?是不是……啊,我就知道!真为你感到遗憾!"说着,哈罗德紧紧握住他的手,"简直像我自个儿遭罪了一样!"舍曼深感安慰,并抱以感激,然后踱至窗前,透过异常灰暗的窗玻璃往外看去,接着突然爆发:"我的老朋友啊,我这样的傻子不值得同情!与其说是伤心,不如说是愤怒!我就像愣头青一样被人玩弄!"

哈罗德满眼好奇,却不好意思再妄加猜测。但出于必要的关心，他怯怯地问出一句："她拒绝了？"

"对！拒绝了——就在我那么专注、坚定又庄重地向她求婚的时候！整个夏天她都和我待在一起，散步、跳舞、骑马！哎，你肯定注意到了。全世界都注意到了！"

"是的，我注意到了，我深感遗憾。"

"更让我失望的是，要承受这种痛苦的绝不是只有我啊。就像你说的，哈尔，世风日下，天底下的女人都变成这样，男人还能期待什么，还抱什么希望？到最后，还总有人说，是我们不愿意结婚！"

"不错，这正是可笑之处，"哈罗德说，"要是女人还和以前一样，我们何尝不想结婚？我们巴不得结婚，早早结婚！"

"到头来，我们费时费力地追求，是'举止轻浮'，我们苦心求婚，换回一句'我不知道'。就这，我也认了。可那些该死的白痴们根本不会明白，真正的罪魁祸首是那些扭捏作态、两面三刀的虚伪女人！平日里蛊惑引诱、明怂暗恿，一旦男人吐露真心——'啊，真是抱歉！'我已经二十八岁了，被愚弄了三次，够了！我也学聪明了，没有下次！"

"一声抱歉，戏演完了，还赖着你不放，想跟你做朋友、做兄妹……"哈罗德连声附和，"既然把人耍成这样，就索性承认，不好吗？干脆一巴掌拍死，来个痛快，也比虚情假意的好！"

这处度假胜地又少了两位年轻男士，而这儿本就"锁多钥匙少"，姑娘们怕又该犯愁了吧。

舍曼收拾完行李，吃过了午餐，便离开了。哈罗德不愿多作逗留，也与他同行，心里满是对女性的鄙夷：

"只要她们诚实，我别无所求！"

（1890年）

转身

装潢奢华的房间里铺着绒地毯，挂着厚实的窗帘。马洛内太太蜷在宽敞、柔软的床上，呜咽着。

她哽咽难止，泣不成声，心里苦如黄连，几已绝望；她的肩膀上下起伏，浑身不住抽搐，十指紧紧相扣。她忘了身上的精美长裙，忘了更精美的床罩；忘了她的尊严、她的自制以及她的骄傲。取而代之的，是挥之不去的惊异与错愕，以及无边无际的空虚与挣扎。她百感交集，始终难以平复。

她出身波士顿上流社会，地位优越，性格内敛，这辈子从没想过自己会像今天这样千头万绪，在狂涛骇浪中惊惶无措。

她竭力自控，试图平复激荡的心绪，诉诸理性与言语，但终归徒劳。此间的窒息感，让模糊又可怖的记忆瞬间再度闪现——约克海滩边，年幼的自己被浪潮吞没，不断下沉，天空渐渐远去……

装潢破陋的顶层房间裸着冰冷的地板，窗帘薄如烂纱。格尔塔·彼得森缩在狭窄、坚硬的床上，抽泣着。

和女主人一比，她尤显肩宽体阔，四肢也更结实、强壮。但此刻，少女般一尘不染的纯真与尊严，伴着无助的颤抖，一同幻灭，郁郁中化作满眸清泪。不同的是，她并不克制自己，只是哭了又哭。

如果马洛内太太选择在一份更长——或许也更深的爱的废墟里受折磨；如果她品味更高雅，理想更崇高；如果她承受的是妒火的煎熬和自尊受伤所带来的忿闷——那么，已魂飞魄散的格尔塔则羞愧难当、分秒难挨，未来等待她的只有绝望。

起初，格尔塔只是个恭顺的姑娘，来到这座井然有序的豪宅时，年仅十八，尽管容貌清丽、身心坚强，却透着天真无知，稚气未脱。

马洛内夫妇毫不掩饰对她的怜爱。她坦然、率真，优点与不足如白纸黑字般显见，夫妻俩对此一清二楚，欣然以之为谈资。马洛内太太从不嫉妒，她生来便不识"嫉妒"二字——直到现在。

时日渐长，格尔塔也不断摸索、适应着，不但深得主人怜爱，连厨子也对她不吝赞美。她甘于劳作，以诚待人，听得进教诲，充满可塑性，即便是惯于发号施令的马洛内太太，不觉间也开始或多或少地转指令为教导。

"我从没见过这么温顺的孩子，"马洛内太太不时感叹，"作为用人倒是完美，但从人格上讲，很难说这是不是一种缺陷。孤单无助、唯命是从的孩子。"

说得分毫不差——她是个彻头彻尾的孩子，身材高拔、双颊泛红的孩子。她无依无靠，也没什么女性气质，暗黄的头发、浊蓝的眼眸，衬着宽厚的双肩和结实的长臂，散发着浓郁的乡土气息。但无论如何，她只是个未遭世故的孩子，有着孩子的弱点罢了。

时至马洛内先生不得不离家远行，经营生意。他虽百般不舍，却非常安心，毕竟，家里有格尔塔照顾妻子。

"别怠慢了你的女主人，格尔塔，交给你了，"出发前最后一个早上吃早餐时，他仍不忘叮嘱，"最快只要个把月的工夫，我就能回来。"

"当然，"他随即转身一笑，又嘱咐起妻子，"你也得多多照顾格尔塔，但愿我回家时她能学识见长。"

一周接着一周，一月接着一月，一晃七个月过去了,马洛内先生仍身在他乡。他频频给妻子写信,写得洋洋洒洒,字里行间都洋溢着深情。他不断述说他有家难回的苦恼,解释生意如何艰难却前途光明,不觉间,更开始羡慕起她的深广人脉,赞叹起她的博学多闻、智慧理性,甚至生活情趣等。

"就算哪天我因为传单上提到的什么'天灾'而从你的生活中消失,我觉得你也能过得不赖。"他写道,"如此,我会深感慰藉。你见多识广,忠于生活,所以你无惧失去,更不会觉得空虚、怅惘。且原谅我如此口不择言,我想那一刻也不会到来,只要事情办妥,不出三周,我便能抽身泥沼,和你团聚。我亲爱的妻子!你那美丽温婉的容颜,和期许挚深的目光,我恨不能天天见到!小别可胜新婚,不久,我们便能重温如蜜月般甜美的时光。明月暗月月月都来,蜜月又何尝不可?"

此外,他也不忘给"小格尔塔"送上问候,偶尔会随信寄一张明信片给她,还不时揶揄妻子对"孩子"的教导,并惊叹连连——"多么慈爱""多么和谐""多么智慧"……

一切如蜃景般闪过马洛内太太的脑海,她一手紧握被泪水浸透的手绢,一手不由攥起花边床单的一角,捏得烂皱。

的确，为教导格尔塔，马洛内太太颇费心血，不嫌孩子愚钝，反倒对她的耐心与恳切深为感佩。做家务时，即使她没那么麻利灵敏，也算得上聪明，而且，她每周都会做简要的工作记述，且自觉保持。只是，对于马洛内太太这样拥有博士学位、在大学任教的女人，教导格尔塔倒更像是保姆在照顾孩子。

也许是因为没有孩子，她才会格外宠爱这个"大孩子"。年龄上，两人相差不过十五岁。

当然，在"孩子"眼里，她已饱经沧桑。只是，她看似老成，内心却依然年轻。自她嫁到这陌生的城镇以来，这颗年轻的心在"孩子"的悉心照料下，第一次有了"家在这里"的归属感。于是，对这"孩子"，她除了怜爱，竟也生出一份感激。

直到某天，马洛内太太突然注意到，这孩子原本开朗的神情不明所以地蒙上了一层阴影。她看上去忧心忡忡、紧张焦虑，门铃一响，就莫名惊惶，匆匆奔去玄关。站在大门口和倾慕她的商人聊天时，那阵阵爽朗的笑声也不再响起。

马洛内太太本以为是自己的教诲有了成效——她不止一次地劝诫过她，对男人要懂得拿捏分寸，不能毫无保留。因此，她问格尔塔是想家了吗，格尔塔矢口否认。又问是病了吗，回答仍然是"不"——

不幸的是，最后，她终于问到了那个她无法说"不"的问题。

几个月来，她一直不愿相信，只是在静静等待一个合理的解释。可逐渐，她意识到，自己不得不接受残酷的事实。她说服自己保持冷静，尝试理解。"可怜的孩子，"她喃喃地对自己说，"她孤零零地在这儿干活，妈妈不在身边，又那么无知、顺从，对她这么苛刻，你于心何忍？"于是，她对格尔塔慈言相劝，想方设法让她重新振作。

谁料，格尔塔一听，砰地跪倒在地，声泪俱下，哀声恳求主人别赶走自己。她声嘶力竭地哭诉，保证自己会守口如瓶，听凭发落，没任何怨言，还发誓会一辈子服侍主人——只要她不赶走自己。

马洛内太太细细权衡，心想，就算要赶，也为时尚早。她努力克制——一个她如此真心相助的人对她的忘恩负义，和她天生对懦弱的冷蔑与愤怒，她都忍下了。

"当务之急，"她暗暗想着，"是帮她安然渡过此劫。伤害虽已造成，却断不可雪上加霜。还得请布里特医生帮忙——大夫是女性，倒方便不少！我呢，就该成为这可怜孩子的依靠，陪她渡过难关，等疼痛消退，再送娘儿俩回她远在瑞典的家。只是为什么来的东西不想要，想要的东西不来？"空敞的屋子里，马洛内太太默然沉坐，想到这里，竟不由对格尔塔心生羡慕。

暴风雨终究还是来了。

黄昏时，她让格尔塔去外面透气散心。信就在这时寄到了家里，只能由她签收。她熟练地抽出写给自己的那封，不变的邮戳、同款的邮票，还有熟悉的字迹，都清清楚楚。昏暗的大厅里，她情不自禁地吻了丈夫的家书。这样的举动放在马洛内太太身上，传出去都没人相信，可一点不假，她确实这么做了，而且还经常如此。

其余信件稍经翻拣后，一封写给格尔塔的信赫然现于眼前——不是从瑞典老家寄来的信。信封乍看和她手里那只一模一样，即便她知道丈夫有时会给格尔塔寄明信片来，这下亲眼见到，她还是觉得怪异，起了疑心。她定了定神，稍显犹豫地搁下给格尔塔的信，拿着写给自己的家书上楼回房了。

"我可怜的孩子……"家书如此开头。悲伤的气息扑面而来，令人费解。

"来信所说，我很关切……"马洛内太太不知道自己在信里诉过什么苦。"我亲爱的孩子，此时此刻，你必须勇敢面对。我很快就能回家，到时我肯定会照顾好你。来信没提到任何紧急情况，希望你心里也不要焦虑。随信捎了些钱，给你备用。最迟一个月后，我就能回去，如果你实在无法留下，请务必到我办公室一趟，留下你的地址。请你安心，并保持勇敢，我会照顾好你。"

所有内容都是打字机打的，但这也不算奇怪。奇怪的是，来信竟无署名，还夹附着五十美元现钞，而且语气和内容都一反常态，难以想象。一股诡谲的恶寒爬满四周，萦绕不去，像洪水包围一栋房子，逐渐将其浸没、吞噬。

不好的预感和悲观的想法纷至沓来，她一一拒驳，丝毫不愿相信，却苦觅合理的解释而不得，内心的斗争愈演愈烈。最终，在令人窒息的压力下，她下楼取来了另一封信——给格尔塔的信。她把两封信并排摆上漆黑又光滑的桌面；然后便踱向钢琴，弹起曲子，执着地强迫自己别胡思乱想，直到格尔塔回来。见格尔塔进屋，马洛内太太平静地起身走向桌边，说："有你的信。"

格尔塔慌忙跑来，见两封信成对地躺着，便显出犹豫，怯懦地望向了主人。

"拿你的信，格尔塔。请打开它。"

格尔塔一听，眼里满是惊惧。

"把信读给我听。就在这儿读。"

"啊,太太——不!请不要逼我!"

"这有什么?"

格尔塔应不出话来,挣扎了片刻,只好红着脸,拆开了信封。信写得很长,且不知所云。"我亲爱的妻子……"她缓缓读道,一脸不解。

"你确定这是写给你的?"马洛内太太问,"这封才是给你的吧?你手上那封——怕是写给我的。"

她把另一封信递给格尔塔。

"他大意了。"马洛内太太继续说道,语气平静得近乎冷漠。毕竟,她已无心顾及措辞,更丧失了平时她那标志性的理智;毕竟,这已越过了她的底线,简直是一场噩梦。

"你明白了吗?给我的信塞进了你的信封,给你的信就跑到了我这儿。既然心里都明白,就不用我说破了吧?"

无情的打击突如其来,可怜的格尔塔毫无心理准备,仅存的信念瞬间熄灭,无尽的懊悔几乎让她崩溃。该来的如狂风暴雨,无可阻挡。她一声不吭,一动不动,任凭主人责罚。她畏惧、退缩,也早已想过,一旦秘密暴露,自己将面对何等恐怖的愤怒。的确,那股深埋心底的愤怒终于解除封印,彻底爆发，如苍白的火焰，顷刻间，似要将她吞噬。

"去收拾收拾，"马洛内太太说，"离开我家。今晚就走。喏，这是你的钱。"

她把五十元钞票和一个月的薪水一起丢给了格尔塔。

她睥睨着那双痛苦的眼睛、那些洒落的泪水，眼里没一丝怜悯。

"回你自己的房间，收拾好行李。"她冰冷地说。顺从的格尔塔服从命令般地去了。

马洛内太太也回到她的房间，埋头蜷在床上，时间过去了不知多久。

二十八岁结婚，出嫁前便饱经世故，加上在大学求学、工作时的成长，以及一以贯之的独立生活历练——所以，即便遭到重创，她的悲伤也与格尔塔的悲伤不尽相同。

良久，马洛内太太才从床上起身。她在温热的浴缸里泡了片刻，接着马上把冷水浇到身上，然后利落地擦干了身子。"现在，可以好好想一想了。"她告诉自己。

她为自己的冲动感到懊悔，觉得不该二话不说就要撵人，于是快步上楼探视，忧心不已。"可怜的格尔塔！"她在心中慨叹。最初的痛苦如阵风过境，扰人片刻便没了影踪，只留下熟睡的身体、湿透的枕套、紧抿的嘴唇和不时微颤的双肩。

马洛内太太伫立门前，凝望着她，想起从那甜美的脸蛋上淌过的无助，想起那真挚却残缺的脆弱心灵，想起那既讨人欢喜又招人欺侮的驯服与恭顺——多么容易成为受害者。她设身处地地感受她难以经受的沉重打击，感受她埋藏心底的不堪记忆，感受即便抵抗也是徒劳的她有多么无奈、多么悲惨。

她轻步回房，燃起壁炉，坐在一旁深思。一如之前她毫不在意自己的理智，此刻的她将自己的偏颇与情绪统统放逐。

事情发展到这个地步，已成了两个女人和一个男人之间的问题。一个是妻子，对丈夫爱得深切、信得绝对的妻子。一个是女仆，对主人敬爱有加、言听计从的女仆——她年轻、孤独，需要依靠；他人的一切好意都让她心怀感激；她少不更事，没受过教育，稚气未脱。当然，她该拒绝诱惑；但马洛内太太有足够的智慧，深知诱惑一旦披上关心这层外衣，又来自深信不疑的人，会有多难辨认。

或许，换了那杂货店店员，格尔塔就不会遭此劫难。确实，在马洛内太太的"教导"下，她曾不止一次地拒绝过诱惑。然而，这次不同——对敬爱的人，她如何反抗？只知顺从的心被无知蒙蔽，因惧怕而退缩，又如何懂得拒绝？

当老到成熟又深明事理的马洛内太太不断督促甚至命令自己换位思考，诉诸理解，并打心底里试着宽恕格尔塔的罪行，忧虑她的未来时，一股强烈、纯粹、坚定的情感油然而生。一切愤怒、惊愕、悲恸都化作对罪魁祸首的无尽谴责——他清楚得很，了解得很，且完全能预见自己的行为会造成难以想象的巨大伤害。她的天真、单纯，她感恩的情感，她习惯性的顺从，他欣赏极了，却又故意利用。

她乱流汹涌的心趋于凝固，短暂的痛苦烟消云散——是他，是他在妻子的眼皮底下犯下了这等过错，他就算爱上了那个女孩，也爱得虚伪、爱得可耻。他大可离婚再娶，不是吗？就一刀两断，伤一人的心，也落得干脆明了——可现在呢？

还有那封卑鄙的无名信，写得真是狡猾，没有流露一丝爱慕；那张五十元大钞，也的确比支票来得保险，不容易露出马脚。男人偶尔会同时爱上两个女人，这倒不假，但这样的做法根本不是爱。

她心中为自己——一个妻子——感到的怜悯与愤怒瞬间转变成为孩子感到的怜悯与愤怒。她为她感到不值——一个天真纯洁、年轻靓丽的姑娘，向往着美好的生活，憧憬着婚姻与家庭，并勇敢、独立地为之奋斗着，可敬可佩！可这些在那个男人眼里都一文不值，为了一己私欲，他就要剥夺她的快乐，扼杀她的希望！

"我会照顾好你。"信里是这么说的？怎么照顾？他凭什么照顾？以什么身份照顾？

想罢，一个妻子的怜悯与愤怒和为受害者感到的怜悯与愤怒交融，化作一股前所未有的洪流，冲破一切障碍，注入心间，赋予她全新的力量。她倏地起身，昂首阔步地走出房间。"这是男人对女人犯下的罪过，"她斩钉截铁地断定，"更是对女性、对母性、对……孩子的侮辱。"

她停下脚步。

孩子。他的孩子。连自己的骨肉他都不负责任，忍心伤害——那孩子注定不幸！

马洛内太太有着纯粹的新英格兰血统，虽不信奉加尔文主义——甚至上帝一位论，但加尔文主义不容置疑的强硬深深影响着她的灵魂，包括那些悲观的信念——"为了上帝的荣耀，俗世众人都必须接受厄运。"

此刻，她身后正站着一代又一代传播信仰、践行教义的祖先。他们生来只为追寻宗教信仰，一旦获得"信仰",便身体力行、至死不渝。

几周过去,马洛内先生没等回信送达,便匆匆赶回。虽然他已经发了电报,但他没在码头上看到妻子;屋子大门紧锁,他往窗里望去,屋里一片漆黑,不见人影。他取出钥匙,开门进屋,然后轻声上楼,想给妻子一个惊喜。

他扑了个空。

他按铃召唤用人,却没人应声。

他逐盏点灯,上下找了个遍,连个鬼影都没有。厨房里一尘不染、空空荡荡,让他不禁觉得陌生。他缓缓登上楼梯、环顾四下,惊得目瞪口呆——整间屋子都一尘不染、空空荡荡。

他恍然大悟——她发现了。

真的露馅了吗?他琢磨起其他可能——可能是病了,又或者是死了?他忽地站起。不可能,无论如何都会提前通知他的。他又忽地坐下。

不管发生了什么,只要她想让他知道,就会写信。或许信已寄出,他突然抽身回家,刚好错过?果真如此的话,倒是万幸。"肯定是这样。"他竭力说服自己,然后拿起电话,却又生出一丝犹豫——如果她真的发现了,一气之下不打招呼就离家出走,他该如何向亲友交代?

他不死心，就楼上楼下、一间间房地找，祈祷着在某个角落会留有能解释眼前这一切的只言片语。他一次次拿起电话，又一次次放下。"你知道我妻子在哪儿吗？"——他问不出口。

整齐奢华的空房仿佛逝者留下的最后一抹微笑，让他更能想见妻子临走时的无奈和无助。他关掉灯，不忍再睹，然后又觉得黑暗也无法忍受，再次打开了灯。

漫漫长夜——

他一大早就去了办公室。堆积如山的信件里没有任何一封是她寄来的。同室众人里也没谁瞧出异样，一位好友还问起他妻子。"啊，她常念叨你呢！"他慌忙敷衍。

十一点左右，一位叫约翰·希尔的男士——她的律师，也是她的堂兄——来访。他把一封信交给马洛内先生，说："我受托把它私下交到你手上。"然后，他转身离去，一副被叫来灭个火的模样。马洛内先生从来不待见他，此刻更对他心生厌恶。

"我走了。我会照顾好格尔塔。再见，马里昂。"

没有日期，没有地址，没有邮戳，就这寥寥几字。

痛心与懊丧占据了他的心，格尔塔和所有与她相关的事都被忘到了云外，"格尔塔"这几个字竟也让他出奇地愤怒。是她挡在了自己和妻子之间，是她夺走了自己的妻子——这就是他心里的感想。

起初，他什么也不说，什么也不做，只是一人孤守空房，三餐不定。他也不愿登报寻人，外扬家丑，有人问起马洛内太太，他就找"外出旅行""疗养散心"之类的借口。时间一天天过去，他一筹莫展，也已忍无可忍，只好雇了侦探。侦探抱怨了一声"怎么不早点来呢"，然后着手寻人，并叮嘱他要绝对保密。

不过，他束手无策、自叹技穷的难事，侦探倒办得得心应手、有条不紊。他们一丝不苟地询问她的"过去"——"哪儿长大""哪儿上学""哪儿工作"，连"她目前囊中羞涩""她的医生名叫约瑟芬·布里特"之类的琐碎线索都掌握得一清二楚。

细致的搜寻显得漫长，但最终还是有了结果。据说，她已在昔日一位教授手下重执教鞭，过着平静的生活，住处明显还住着别的房客。哪座城镇、哪条街道、哪栋房子，侦探一一告知，半点不差，就好像这些信息唾手可得。

回家时正值初春，眼下已是深秋。

安宁恬静的大学城坐落在山间，宽阔的街道两边枝繁叶茂，别致的小屋前草坪延展、花木围绕。

他核对手中的地址，见白色的大门上标着吻合的牌号，便沿着砾石小道上前，按响了门铃。一位年长的用人来开了门。

"马洛内太太住在这儿吗？"

"不，先生。"

"这里是二十八号吗？"

"是的，先生。"

"那谁住在这儿？"

"是惠灵小姐，先生。"

是她娘家的姓！侦探提过这一点，他这时才想起。

"我想见她。"他迈向玄关。

用人把他领到一间安静、阴凉、花香四溢的客厅。都是她喜欢的花。他一阵鼻酸，脑海里回放着两人多年来的幸福时光——曾经意外又浪漫的邂逅、曾经热切又虔诚的追求、曾经深沉又坚定的爱情。

他心想，她一定会原谅他，也必须原谅他；他会放下姿态，虚心认错，并表达自己最真切的悔意和洗心革面的决心。

不久，宽阔的房门外走来两个女人，其中一人就像高大、伟岸的圣母马利亚，胸前抱着一个婴儿。

见状，马里昂调稳呼吸，保持冷静，内心深处极力逃避着那个孩子,紧绷的神经让他一脸惨白。

格尔塔如一座堡垒般守护着怀里的孩子,神色中透着异于往日的自信。她看都不看他一眼,碧蓝的眼睛充满敬慕地望着她的朋友。

他沉默无言,只是来回瞅着两人。

曾经的妻子平静地问道:

"你找我们有什么事吗?"

(1911年)

第三部分

智 慧

"听着像走私！不过我早就想尝尝这滋味！"

所罗门如是说

"直言而斥，人终悦之，巧舌以谄，人终恶之。"*所罗门·班克塞德先生对他的妻子玛丽说道。

"我看——对女人来说，恰好相反，"她说，"怕要加上这句，才算完整。"

"嘘——玛丽，"他示意她别再出声，"*他的言语，切忌增添——你不可轻浮，这是伟大国王的智慧。*"

"我不是故意的，亲爱的，只是——每天都听到这些——"

"*对律法充耳不闻，虽祈祷亦可憎。*"班克塞德先生如此应道。

"这些古老箴言你了然于胸，我信，"妻子不禁有点厌烦，"倒不是我轻慢了经典，但未免有点过

---

* 文中男女主角均多次引用《旧约·箴言》中的文字，后不作注释，均以楷体标明。引用部分为译者自译，仅供参考。

时了吧！我真希望你忘掉一些！"

他对她戏谑一笑，把浓密的银灰色头发撩到脑后，这优雅迷人的习惯性动作一直让她着迷。他眉毛浓密，明眸深蓝，谈吐间硬中有软，不乏体贴。"要驳斥你，我至少能想到三句箴言，"他说，"但我不想这样。"

"啊，我知道你想说什么了！大雨瓢泼日，水往屋里漏，似有怨妇争，无止又无休。所罗门，我可不是怨妇！"

"不，你当然不是，"他坦然直言，"我心里想的可是——谨惠妻，上帝赐；得一贤内，如拥至宝，亦获主之垂爱。"

岁月难改情不自禁，让她快步绕过桌沿，给了他温柔一吻。

"亲爱的，我绝不是在怪你，"他循循善诱，"再照这样的想法花钱，你自己就什么也不剩了吗？"

"可你这样为我花钱！"

"为你花钱，是明智的投入，也是你理所应得的奖赏，"他平静地说，"有言道，好施乐善，终愈富足。固守旧财，终趋贫薄！不是吗？所以，亲爱的，我给你的，你就安心收下，完全不必介怀，因为我怎么为你花钱都不为过。"

宠溺地给她轻吻，和她道别后，他披上一件厚重的镶缎大衣，出门工作了。

所罗门·班克塞德这个名字容易让人以为他是犹太人。他对《旧约》的娴熟引用似乎也证明了这一点，但事实不然。他祖籍佛蒙特州，是新英格兰地区和早期英格兰清教徒未断一脉的后代。他先人中的所罗门们、以撒们和西底家们只接受了"忠诚派"和"赞美派"的宽恕。后代子孙也继承了这种难以撼动的虔诚，浑身上下都散发着固执的气息。

他妻子则没有这么纯粹的血统。她的先人是胡格诺派（事实上，她出身法国最显赫的世家之一，但夫妻俩都不知道），祖母来自奥尔巴尼，名字里带着"范"字，其他曾祖辈的名字也是如此，不是带"麦克"，就是带"奥"*，族谱里甚至混进了日耳曼血脉。班克塞德先生热衷家谱学研究，但也费了不少工夫，才发现了端倪；而且，随着挖掘的深入，他心情也日渐沉重，对妻子的血统越发鄙薄。

年轻时，她美丽又迷人，身材娇小、伶俐脱俗，

---

* 西方人姓名中带有的"van"（范）、"Mac"（麦克）、"O'"（奥）等通常用于表示"来自某某地方"或"属于某某家族"，此处的列举意在表现所罗门妻子的血统不纯，先祖来自四面八方。

宛如跃动枝头的金莺，在五月的阳光下灵光闪闪；她聪慧过人，心灵手巧，家务做得干净利落、得心应手，是"贤内"无疑。相反，年轻时的新英格兰人所罗门理智过人，性格古板，总是一脸严肃。二人闪婚，婚后多年，他依然怀疑自己的选择——她也一样。

当初他没能充分权衡的因素，就是她根深蒂固的独立意识和深入骨髓的叛逆思想。若非他情至深处难以自拔，这种意识和思想在他看来，几乎是"无信仰"的典范。他时刻以《圣经》教诲督策自己，安其所习，一切举止都谨依准则，而她的行为方式在他眼里，则如飞蛾乱舞般散漫轻率。对她身上这种难以捉摸的不确定性，他审慎有加地研究着，苦思了多年，才终于在她鱼龙混杂的家谱上找到了答案——是他错了，错在一口气把整个欧洲都娶回了家。

但不得不说，他们的婚后生活是快乐的，尽管有时，这种快乐显得刻意又勉强——刚才的对话，就是很好的例子。圣诞节刚过，宽敞的客厅里还残留着美食和花草的气味，班克塞德太太慢着步子，踱向精心堆置着礼品的角落，不由心生感慨——他人慷慨相赠，自己却鲜有回馈。

亲友们所赠颇多,样样精美,但大多是"通用型"礼物——顾名思义,就是女士们通常都会喜欢的东西。只有极少数对她知根知底的亲友挑选了刚好合她心意的礼品——一件让人好奇的礼物来自麦克艾弗里太太,一只内含支票的白色信封来自她的兄长,一众满含爱意的礼物来自她的儿孙……

当然,还有所罗门的礼物。

他的礼物总显得庄重又昂贵——某种程度上,就是一种"恩惠",往往是他颇费思量权衡利弊、精挑细筛后的选择,可这思量却都花在了礼物本身的性质而非她的喜好上了——一架钢琴,她无法弹奏;一座雕塑,她无从欣赏;一套但丁,她从不翻看。其他的,则不是笨重的金项链,就是设计古板的镶钻胸针,诸如此类。今年的礼物是一套貂皮服饰,价格她难以想象。

"高贵的恩惠"从未间断,她顾自伫立,在脑海中细数这一年年积攒下来的无价之宝,心里五味杂陈,神情微妙迷离,如万花筒一般。她爱所罗门,并因他而骄傲;她尊重他的选择,也佩服他的能力;她感激他不变的真诚与慷慨。她也烦恼,烦恼他明知她更喜欢实惠耐用的东西,却依然执着,一件又一件地送她这类价值连城却只堪摆设的稀罕玩意儿。不同于其他女人,她本就抵触毛裘。她又不得不接受自己不适合穿黑褐色的衣服。她百感交集。挣扎,矛盾。

她拿着兄长送的支票,把纸捋平,她一直盼着能在圣诞节前就收到支票,因为这样她就能买到更多礼物,送给亲朋。所罗门惯于凭自己的喜好为她花钱,却不愿她为丈夫、为任何人动一个子儿。她恳求过兄长,想让他提前把钱寄来,但事与愿违。

"这事免谈!"兄长答复,"一分钱都别想早拿!要是为了圣诞节就胡乱挥霍,之后的一年时间你怎么办?"

她把支票放在一边,转身打量起那件最奇特的礼物,而就在这时,送这礼物的人走了进来。

"太感谢了,贝妮娜!"班克塞德太太说,"你知道我闲得要命。这是台织布机吧?能教教我怎么用吗?"

"当然,亲爱的,我就是来教你的。可只怕是我多虑,你那么心灵手巧,想必能无师自通。而且,要我说,你肯定会爱上它的。真的。"

说完,麦克艾弗里太太便开始传授经久不衰、源远流长的纺织技艺,班克塞德太太学得饶有兴致。从没什么事情能这样让她感兴趣过。

她如鱼得水，从粗略、单调的花纹开始尝试，逐渐掌握了更加细致、复杂的编织技法；她几近痴迷，加上原本就不稀罕所谓的现代织品，便自己买来一款颜色红得可爱的毛纱，亲手制成轻柔保暖的法兰绒，并迫不及待地织成衣裳，让孙儿们穿上。

见妻子这样，班克塞德先生颇感欣慰。他满含深情与爱慕，喃喃说了句："绒麻乃她寻，巧手甘作衣。"

屋外，年幼的鲍勃和波莉穿着新外套，戴着新棉帽，绕着正清理门廊的炉工打转，俩孩子上蹿下跳、跃跃欲试的模样，活像一身朱羽、灵动脱俗的鸟儿。他会心一笑，又觉得应景良句："冬雪送寒，非她所惧；红衣生暖，其家无虞！"甫一诵完，便难抑爱慕，倾身给她一吻。

她喜不自胜，投以拥抱："亲爱的！在你心里，一句金言怕是连一座金矿都比不上吧？"

"智慧之高贵，金银难及；凡人之所欲，岂可比拟。"他自豪地答道。

她甜美一笑，问道："那你觉得这些箴言隽语就是智慧？"

"亲爱的，大致都在这里面了，"他平静地应道，"只有谨守箴言，才不会叛道离经，僭越失度！"

闻言，她忍俊不禁，失声而笑，手抚他脑后的银发，在他的颈后轻轻一吻。"真拿你这可爱的老顽固没办法！"她亲昵地说。

班克塞德先生眼里的这件新玩物让太太忙不得闲，往日的空空两手如今绕满了缕缕丝线。她越来越有精神，散发着健康、乐观的气息，像温暖的阳光，连不时敏感易怒的性子也消失得无影无踪。他为此动容，不下百次地赞美她："她若开口，便有智慧；她有训言，便尽慈爱。"

麦克艾弗里太太曾教她手巾的织法，但很快，她的技艺便青出于蓝。她天赋异禀，善于创新，不仅设计了独家款式，家里的衣箱也填满了日渐精美的手工织品。

"不瞒你说，亲爱的，"麦克艾弗里太太进言道，"你要是愿意对外出售你的成果，凭你的手艺，价格几乎是你说了算！我有信心帮你找到买家。只要把你姓名的首字母织成图案标识，再把东西送去'女性市场'就成！"

"真有意思！"班克塞德太太喜形于色，"不用我出面都行？"

"嗯，完全不用。让我试试吧！"

于是，班克塞德太太动手制作起她的待售产品，条条触感柔软,做工细致,且奢美夺目,堪称完美。厌倦了手巾后,不竭的灵感和创造力又让她投入了腰带的设计与生产。

手巾和腰带都大受欢迎,她的女性好友们纷纷求购,"女性市场"上,产品也供不应求。不久,麦克艾弗里太太来访,手揣一份特殊的订单,神情煞有介事。

"我不知道你会作何感想,亲爱的,我和开豪华店铺的珀西家族多有往来。恰好那天,珀西先生和我聊起你的作品,当然,他并不知道这些腰带是谁做的,但'女性市场'的人告诉他这买卖是我在操办,于是他就问我:'只要你让她接下我的订单,只要是她的手艺,我就照价全收。她家里条件不好,靠做这个过活?'我说:'也不完全是这样。'我看,对这笔生意,他很有兴趣!总之,订单我带来了,你会接吗?"

班克塞德太太心潮澎湃,很想应下,却又怕丈夫不悦。私卖手巾的事,他还蒙在鼓里,也不知道妻子已暗暗存下有生以来第一笔珍贵的、名副其实的收入。

她和好友促膝长谈,权衡利弊,最终虽有忐忑,但还是接下了订单。

"你要守口如瓶，贝妮娜！"她叮嘱道，"如果被所罗门发现，他永远都不会原谅我的。"

"这是自然，你放一万个心。我会搭马车来你这儿取货，然后直接送到'市场'，珀西先生会在那儿跟我接头。"

"听着像走私！"班克塞德太太难掩激动，"不过我早就想尝尝这滋味！"

"都说女人可没那守法的良心，是吧？"

"可不是嘛，那些蠢规矩既不是上帝立的，也不是从来就有的，而是那些男人说定就定、说改就改的，女人凭什么要遵守？"

"天哪，玛丽，你跟班克塞德先生也这样说话？"

"当然不会，"说着，她举起一条星状花纹、精美绝伦的腰带，像在炫耀一样，"很多话，我不会当着他的面说。'君子之智，贵在沉默'嘛，女子也一样。"

她美得迷人，双颊泛着玫瑰色的红晕，头上扎着精致的发髻，散发着高贵女侯爵的气质，身形娇小却透着自信与坚定，宛如珍贵瓷器上精雕细绘的倾城佳人。

麦克艾弗里太太满眼欣赏地注视着她。"无柴则火灭，无谗则争休。"她自得地说，"引经据典，我也不差。"

话虽如此，但在自己的道路上勇往直前的同时，班克塞德太太仍有不少顾虑。日复一日的繁忙中，时光飞逝，写着一个又一个惊人数字的支票接连到来，堆积成叠，令她心满意足。每到傍晚，她便精心打扮自己，再面带悦色、姿态优雅地步下台阶，和丈夫共进晚餐。餐后，二人或静享夜晚的安逸，或一起外出散步。太太久别重现的温柔和再度焕发的魅力温暖着他的灵魂，让他仿佛回到了从前，看到了年轻时的她，甚至对她那鱼龙混杂的血统心生怜悯。

春去秋来，日照渐短，她如明亮的星辰般越发活跃地闪耀在漫长的夜晚，时而哼唱小曲，时而弹奏钢琴，看似漫不经心，却灵动轻妙；忽而兴起，又会在不经意间倏地奔向他，给他优雅又奇特的爱抚。

"玛丽！你简直像才二十出头！到底是什么改变了你？"

"这不正是你喜欢的样子吗，所？"她以最亲昵的方式喊着他的名字。

当然，他由衷地喜欢，甚至还给她额外的零花钱买圣诞礼物，还寻思着要送给她一辆电动小车——送给她!——一个连手推车都害怕的人。

又一个圣诞节来临,家人团聚一堂。班克塞德太太戴起了镶钻胸针,挂上了金项链,手拿花边手绢,多年积攒下来的慷慨"恩惠"几乎无一落下。她雍容华贵,美得难以形容,和她一比,连绚烂多彩的圣诞树也显得黯淡。她分发了礼物,样样投人所好,家人们讶异万分,感动得说不出话来。

"啊,妈妈!"嫁给牧师的杰茜不由惊叹,"我家就缺这样一条毯子!还有这台缝纫机!还有这身衣裳!还有——还有——妈妈!你怎么会知道!"

她的女婿把她请到一旁,献上了庄重一吻。多年来,他对那套社会学著作和那捆厚厚的杂志朝思暮想,却始终因为收入微薄而不敢奢望。

内莉嫁入豪门,家境优渥,所以收到的礼物没那么丰厚。母亲的礼送得并不张扬,但她难掩感动——在她母亲于一周前递出一张支票的时候——

"嘘,亲爱的!别说出去!"母亲压着声说,然后又像什么也没发生一样,"是啊!这天气真好!"

内莉的丈夫腰缠万贯,却也收到了礼物,喜悦之余,更多的是惊讶;其他亲人,不论已婚还是单身,都各有惊喜;孩子们照例在玩具的海洋里徜徉,对他们来说,圣诞节就是无尽欢乐。

所罗门·班克塞德先生难掩惊讶地看着这一幕，一言不发，满是理性的脑袋陷入思量：难道要当众责备妻子？

终于轮到他了——一套丝绸手帕（他没法忍受丝绸的触感）；一柜子卡牌和五花八门的筹码（他从不玩牌）；一张内嵌型象棋桌和象牙制的棋子（他完全不懂象棋）；一枚精美夺目的围巾夹针（他厌恶珠宝）；一盒五磅重的糖果（他从不吃糖）——她一件接一件地献上属于他的礼物。他心情复杂，却无言以对，索性转身离场，上楼回房了。

不久，她便上楼找他，红着脸，微笑着，又略带哭腔，像个淘气又惹人疼爱的孩子。

见她这样，他硬是把气咽了下去，嗓音里透着些许克制。

"我绝不是开不起玩笑的男人，玛丽，看来在礼物上，我们扯平了。可亲爱的！你是从哪儿弄来的这些东西？"

"我挣来的。"她低头回答，两手拨弄着手绢。

"你挣来的！我的妻子，挣钱！容我一问，是怎么挣的？"

"靠那台织布机，亲爱的，做手巾和腰带，我把它们都卖了。别生气，没人知道是我做的，上面根本没我的名字！请别生气！这一点也不罪恶，反倒很有趣呢！"

"是的，我想是不罪恶，"他语气阴沉，"但毫无疑问，这是最让我痛苦、最让我羞耻的事情，前所未有！"

"没你想的那么前所未有，亲爱的，"她急着说，"就连你念念不忘的那个女人也会这样！她纺细麻而贩售，亦织衣带予商贾！"

闻言，班克塞德先生立刻风度翩翩地下了楼。

宽下心来，适应片刻，他很快为她骄傲起来。此时若有谁敢说三道四，悲天悯人，他就会冷静地告诉他："得妻如此，夫心甚安，信之倚之，必得足利。使吾妻尽享巧手之所成，愿其所成赞美她于城门。"

（1909年）

遗孀的力量

詹姆斯独自参加了葬礼,妻子没来。明面上,他说她离不开孩子,但其实,她只有一句不想去。除了去欧洲或是度假,她哪儿都不愿意去,更不会考虑在十一月跑一趟丹佛,何况是去参加葬礼。

艾伦和阿德莱德出于责任,双双到场,但她们的丈夫无一陪同。詹宁斯先生在剑桥*授课,抽不出身;奥斯瓦尔德先生忙于生意,远在匹兹堡。当然,这些只是他们嘴上说的。

逝者入土为安。午餐时气氛淡冷,淌着哀愁。几人都准备搭晚间的火车各回各地,下午四点,律师会来宣读遗嘱。

"就是走个过场,不会有多少遗产。"詹姆斯说。

"是啊,"阿德莱德附和道,"我想也是。"

---

* 此处指美国马萨诸塞州城市。

"久病一场，足以耗光积蓄。"艾伦说着叹了口气。她丈夫早年也曾因肺病来科罗拉多求医，但顽疾难愈，现在身体依然虚弱。

"那么，"詹姆斯突兀地问，"妈妈该怎么办？"

"那还用问？"艾伦开口道，"我们可以带她回去。至于跟谁同住，很大程度上取决于财产的多少——我的意思是，全凭妈妈的意愿。爱德华如今的收入多于所需，颇有盈余。"话虽如此，她心里却百感丛生。

"如果妈妈喜欢，来找我也没问题，"阿德莱德说，"只怕她会觉得勉强，她是一点也不喜欢匹兹堡的。"

詹姆斯一一审视着她们。

"容我想想——妈妈今年多大年纪了？"

"五十了，"艾伦答道，"她早已不堪重负、心力交瘁，不是吗？"说着，她向兄长投去凄楚的目光，"不得不承认，詹姆斯，相比我俩，你没准更能让妈妈过得舒心。毕竟，你有间大房子呢。"

"对女人来说，相比女婿，和儿子同住总是更愉快的，"阿德莱德应道，"我一直这么觉得。"

"这话不假，"詹姆斯承认道，"但也得分情况吧。"他言简意赅，两个妹妹交换了眼神——分什么情况，二人心知肚明。

"如果妈妈和我住，或许你也能——适当帮忙。"艾伦当即提议。

"当然，当然，理所应当，"他如释重负地赞同道，"她可以轮流和你们住，往来的车马费由我担着。大概要多少？还是现在就把一切都安排妥当为好。"

"眼下这物价高得可怕，"艾伦神情忧虑，苍白的前额上显出些许清晰交错的皱纹，"但我只取所需，绝不多要一分。"

"你就别兜圈子了，艾伦，照顾爱德华和那几个病恹恹的孩子，你都忙不过来，现在又得多受一份累，多操一份心了不是？妈妈来找我的话，詹姆斯几乎不用任何开销，除了身上穿的。我那儿有足够的地方给妈妈住，奥斯瓦尔德也不会在意日常花费上的小小变化——只是钱花在衣服上面，倒确实会让他生气。"

"养的是妈妈，我绝不吝啬，"儿子信誓旦旦，"一年的衣物，总共要多少？"

"你该知道你妻子一年要花多少。"阿德莱德暗示道，唇角闪过一丝笑意。

"天哪，不会吧，"艾伦惊道，"这哪能相提并论！莫德还需要社交，才该讲究穿着。妈妈又怎会像她一样？"

詹姆斯投去感激的目光。"路费，还有衣服，都记下了。艾伦，你呢？"

艾伦伸手在黑色的小手包里胡乱扒了一通，但连张纸片都没找到。詹姆斯见状，便递去一只信封和一支钢笔。

"吃的，仅需普通食材，一个人每周共四美元，"她解释道，"还有暖气、照明，加上其他额外的供给，我想每周至少六美元，詹姆斯。至于衣服、日常照顾，以及另外琐碎的开销——我得说——就三百美元吧！"

"这么算，一年下来不止六百，"詹姆斯缓缓开口，"阿德莱德，不如请奥斯瓦尔德分担一些？"

阿德莱德面露难色，红着脸道："我想他不会同意的，詹姆斯，当然，要是必须这样——"

"凭他的收入，应该绰绰有余。"詹姆斯说。

"的确，只是他的资金都投入了生意，再难腾出额外的钱来，况且，他父母还健在，如今也得靠他养着。所以，不行。我能给妈妈提供住处，但仅此而已。"

"你想，詹姆斯，你不用照顾妈妈了，已免去不少麻烦，"艾伦接着说道，"没准莫德不想和妈妈同住，可我俩都情愿将她接到自家，只要你提供补助就行。"

"毕竟，父亲多少会留下一些遗产，"阿德莱德提醒道，"这地方怕也能卖不少钱呢。"

"这地方"是山谷，离丹佛不到十英里。谷底有一小段没干透的河面，并向山麓小丘延伸而去。靠山的房子，坐西朝东，视野开阔，南北方向有落基山的险峻岩脉，东面斜着广阔的平原。

"我看，这儿起码值六千到八千美元。"他总结道。

"说起衣服……"阿德莱德话锋陡转，"印象中，妈妈总爱穿一身黑色，可我看，她好像很久未换新衣服了。"

"妈妈会待很长一段时间，"艾伦应道，"也不知道她有没有什么需要，我上楼问问。"

"那倒也不必，"阿德莱德说，"她说她不想被打扰，只想一个人休息，等弗兰克兰先生来了，她就会下来。"

"看来她恢复得不错。"艾伦沉默片刻，发出感慨。

"她并没有那么痛苦，"阿德莱德解释道，"爸爸选择离开，或许也是出于好意……"

"他是个尽责的父亲，"艾伦用认可的语气说，

"可我们不够爱他。"

"他已别了人世,长埋地下,"詹姆斯说,"我们也只能念着他了。"

"妈妈的容貌也很少能看得见了,脸总藏在那黑色的面纱底下,"艾伦继续说道,"长期照料爸爸,她肯定老了不少。"

"爸爸最后的时光,幸亏有个男护士照顾,可算帮了妈妈的大忙。"阿德莱德说。

"是啊,可妈妈的神经一直绷着。护理的事,她本来就不擅长。我想她尽力了。"艾伦补充道。

"现在她理所当然该休息了。"詹姆斯边说边站起身,在屋内来回踱着,"真不知还要多久才能了了这堆琐事,离开这地方。这儿打理得不错,卖掉的话,几乎足够养活她了。"

艾伦朝窗外望去,广阔的土地暗得像蒙了层灰。

"小时候我多讨厌住在这儿!"她说。

"我也是。"阿德莱德说。

"我也是。"詹姆斯说。

三人阴冷地笑了起来。

"我们和妈妈也没那么亲,"阿德莱德说了实话,"我不知道是什么原因——我想我们从来就不是什么亲密无间的家庭。"

"没人能跟爸爸保持亲密。"艾伦怯怯地说。

"可怜的妈妈!这一路走来真不容易。"

"妈妈一直尽心尽力,"詹姆斯口吻坚定,"爸爸也一样,至少他自己看来是这样。现在,该我们尽点心了。"

"啊,"艾伦一跃起身,惊呼道,"律师来了,我去叫妈妈。"

她飞奔上楼,敲响了房门。

"妈妈,妈妈,"她难掩激动,"弗兰克兰先生到了。"

"知道了,"门里传来回应声,"让他宣读遗嘱便是,不用等我,我知道那上面写着什么。我一会儿就下去。"

艾伦苍白的额头上又显出清晰交错的皱纹。她步态迟疑地走下楼来,传达了母亲的意思。

另外两人面面相觑之际,弗兰克兰先生嗓音高亢地说:

"可以理解,令尊故去,令堂难免悲苦。很抱歉,上午我有官司要处理,才没赶上葬礼。"

遗嘱非常简短:

  如有遗孀,部分遗产将归为其合法所得,

其余部分将被分为四份，两份留给儿子，两个女儿各得一份——因为如此一来，子女将更愿意赡养他们的母亲。所谓"遗产"，包括一间农场和散建于农场范围内的大型房舍，所有家具、牲畜、农具，以及价值约五千美元的矿业股票。

"比我预计的少。"詹姆斯说。

"这份遗嘱是十年前立的，"弗兰克兰先生解释道，"打那时起我便替令尊办事。临终时，他仍没遣散一众雇员，所以我想，他的财产早已升值。据我所知，麦克福森太太也把农场打理得井井有条，甚至有人在那儿寄宿。"

两个女儿苦着脸互瞥了一眼。

"现在一切都结束了。"詹姆斯说。

这时，门打开了。一个披黑色披风、戴黑色面纱的高个女人走进了房间。

"弗兰克兰先生，很高兴听见您说麦克福森先生把雇员留到了最后。事实也的确如此。"女人说道，"但我不是来听那份老遗嘱的。那份遗嘱已经没有用了。"

众人一齐转过身来。

"之后您先生立过新遗嘱吗？"律师询问道。

"据我所知，没有。麦克福森先生没留下任何遗产。"

"没有？我的天！太太，我确定四年前他名下尚有财产。"

"没错，但三年半前，他把财产都交给我了。契据在此。"

女人拿出契据，白纸黑字、正规合法，上面言简意赅地阐明了，詹姆斯·麦克福森已明确将所有财产转至妻子名下。

"您应该还记得那年，经济恐慌不断蔓延，"女人继续说道，"当时，麦克福森先生面临债权人追贷撤资的压力，他认为这么做才更安全。"

"啊——是啊，"弗兰克兰先生恍然大悟，"我想起来了，这事他确实咨询过我的意见，尽管当时我觉得大可不必。"

詹姆斯清了清嗓子。

"好吧，妈妈，这确实让事情变得复杂了些。我们本想今天下午就把一切处置妥当——当然，是在弗兰克兰先生的帮助下——然后接您去和我们同住。"

"没多少时间能耽搁了,妈妈。"艾伦急道。

"能否劳您把财产都转给詹姆斯呢,妈妈?"阿德莱德趁势鼓动,"或者同时转给我们三个,然后我们立刻起程?"

"凭什么?"

"您知道的,妈妈,"艾伦开始好言相劝,"我们能体会您的痛苦和疲惫,也理解您眼下的敏感,可我们今早来时,就告诉您了,希望能接您回去。您不是在收拾行李了吗?"

"嗯,我是在收拾行李。"黑色面纱后面传来了回答。

"严格地说,当时爸爸这么做,的确是更稳妥的选择,"詹姆斯虚与委蛇,"可现在,对您来说,最简单的办法就是将遗产都转到我这儿,我想这一定也是爸爸的愿望。"

"你爸爸已经死了。"黑色面纱后面再次传来了回答。

"是,妈妈,我们理解——理解您现在的感受。"艾伦不依不饶。

"我还活着。"女人直言不讳。

"亲爱的妈妈,此时此刻和您谈论这些会让您难堪,这我们明白,"阿德莱德略显焦躁,"可我们没法久留，来时就告诉您了。"

"所以这事不得不尽快落实。"詹姆斯总结道。

"已经落实了。"

"或许弗兰克兰先生能更清楚地解释一下。"詹姆斯逐渐失去耐心。

"我想，令堂理解得很透彻了，"律师低声说道，"我一直觉得令堂是位智慧过人的女性。"

"谢谢，弗兰克兰先生。或许您能让我的孩子们理解，这些财产虽非价值连城，但现在，它们都属于我。"

"毫无疑问，麦克福森太太，毫无疑问。有目共睹，无可辩驳——我们也只是顺势猜想，有关遗产的分配，您是否再考虑一下麦克福森先生的最终意愿？"

"麦克福森先生的意愿，我已经考虑了三十年了，"女人答道，"现在，我该考虑我的意愿了。打我嫁给他起，我尽了妻子的本分——整整一万一千天。"她突然加重了语气。

"可太太，您的孩子们——"

"他们不是小孩子了，弗兰克兰先生。我有两个女儿，一个儿子。他们早已成人、成家，有了或者很快会有自己的孩子。我履行了母亲的义务，他们呢,毋庸置疑,也一直并会继续履行子女的义务——但他们大可不必如此。我早已厌倦了所谓'义务'。"她语气骤转。

众人目瞪口呆。

"你们不知道这儿究竟发生了什么,"她继续说道,"这是我自己的事,所以从没叨扰过你们。但现在我告诉你们,在你们的爸爸知道自己时日无多,并在适当的时机把财产转到我名下以后,一切就都由我负责了。你们的爸爸需要护理人员陪护,也需要医生时常来访,就像住在医院里一样,所以我索性把这儿变得更像医院。我请了些护士常驻在这儿,邀请病人来这儿疗养,我呢,也可以从中获利。另外,我打理花园,饲养奶牛、家禽,有时在户外工作,甚至睡在户外。我觉得今天的我比以往任何时候都更强大。"

说到这儿,女人站起身,深深吸了口气。她身材高挑、站姿直挺,浑身上下都散发着强健有力的气息。

"你们的爸爸留下了近八千美元的财产,"她进而说道,"也就是说,詹姆斯能得四千,两个女儿一人两千。这笔钱,我现在就能转到你们的名下。但我的两个女儿要是肯听我的劝,最好还是让我以现金的形式,一年一度寄给她们,这样她们就能自由支配这笔钱了。一个女人能有笔自己的钱,绝不是坏事。"

"我想您是对的,妈妈。"阿德莱德说。

"确实是这样。"艾伦喃喃道。

"您自己不留一点吗,妈妈?"詹姆斯问道。这时他才从这一袭黑衣、冷峻严厉的女人身上感受到了一丝温和。

"不需要,詹姆斯,我还有农场。我有可靠的帮手替我经营。这些年来,我每年净赚两千美元,眼下我已经把这儿租给了我的一位医生朋友——一位女医生。"

"您真是令人钦佩,麦克福森太太,这简直令人难以置信。"弗兰克兰先生感叹道。

"两千美元一年!"阿德莱德惊叹道。

"您一定会来和我同住的,是吗,妈妈?"艾伦试探道。

"谢谢,亲爱的。不了。"

"我家那间大房子就等您来住呢。"阿德莱德说。

"不了,谢谢,亲爱的。"

"您来的话,莫德一定高兴。"詹姆斯稍显犹豫,还是开口相邀。

"一定？我看未必。不了，谢谢，亲爱的。"

"那您有什么打算？"

艾伦看似真诚地关心道。

"我要去做我从没做到过的事情。我要真正地活着！"

于是，高挺的身躯迈出坚定又矫健的一步。她走到窗前，拉起低垂的帘子。科罗拉多耀眼的阳光洒进房间，她摘下那层又黑又长的面纱，扔到了地上。

"面纱是借的，"她说，"葬礼时戴着，是不想你们难受。"

纽扣被逐个解开，又黑又长的披风被脱下，落在她脚边。她穿着一套朴素却精致的旧杂色旅服，沐浴着阳光，微笑着，脸上泛起一抹浅红。

"你们要是想知道的话，我不妨说说我的打算。三年来，靠着这小小的农场疗养院，我挣下了六千美元。每一分钱都属于我自己。其中一千我会存进银行，以备不时之需，或许到我行将就木的时候，还得蒙老人院收留。有必要的话，我会请火葬公司送我一程。当然，不按我的意愿、不照我的方式让我离开这个世界的话，他们就得不到任何报酬。剩下那五千，就随我花了，我要玩个痛快！"

女儿们听得瞠目结舌。

"您这是……"

"您这个岁数……"

詹姆斯拉长了脸，神情和他的父亲如出一辙。

"我没指望你们能理解，"她平静地说，"但这已经不重要了。三十年时光，我都献给了你们，献给了你们的爸爸。剩下的三十年，属于我自己。"

"您……确定……您……没事吗，妈妈？"艾伦是真着急了。

母亲坦然大笑。

"我很好，真的很好，自从有了自己的事业，我从没这么好过，医生都说我好得不得了呢。你们千万别觉得我疯了！我要你们了解一个事实，那就是你们的妈妈现在是个真正的人了，她还有半辈子可活，她有自己想做的事情。二十岁之前的日子并不重要——我长大成人，然后身不由己。之后的三十年，是艰难的岁月。这一点，詹姆斯或许更有体会，但我想你们心里也一清二楚。而今天，我自由了。"

"您打算去哪儿，妈妈？"詹姆斯问道。

她从容地环顾众人，目光中透着祥和与坚定。

片刻宁静后，她给出了回答。

"新西兰。那是我梦寐以求的地方。"她满怀憧憬地说,"现在准备出发。去澳大利亚。去塔斯马尼亚。去马达加斯加。去火地岛。总之,我会离开一阵。"

四人于当晚分别。三人往东,一人向西。

(1911年)

老有所思

---

* 本篇原文标题为"Mrs. Elder's Idea",意为"埃尔德太太的想法"。"Elder"既可作为人名,也带有"年老"之意,中文标题据其"年老"之意有所修改。

你可曾觉得，有些字词，说多了，就毫无意义？

你可曾觉得，一桌饭菜，吃惯了，就尽失味道？

你可曾觉得，当环首四顾，尽皆单调时，人会突然厌恶不已，纵不知何往，也会不惜一切，亟欲逃离？

埃尔德太太心中，便是这般感受——清晨，光线昏暗，空气闷湿，一切都没有变化：屋里的摆设、盘中的早点，以及坐在餐桌对面的人，都今又复昨，一个模样。

报纸倚着水瓶立着，埃尔德先生边用早餐，边读着报，吃多久便读上多久，对他来说，这是一种享受。念及他人的感受，他表示并不介意其他人也像他一样。确实，即便他久坐不起，也没人反对。毕竟，报纸仅此一份。

埃尔德太太一向能说会道，可同时也能保持沉默。此刻,对面的人神情专注,只性急地说了句"这是什么",就沉浸到刚一发生就见诸报端的奇闻异事中;她深知,若兀然开口,只会自讨没趣。

她顾自静坐,一手不停地搅拌已凉掉的咖啡,等对面的人需要续杯,才会按一声铃,让用人端来热饮。她双眸黯然,凝神打量着那副熟悉的容貌与轮廓:脸庞上每一片肌理的形状、每一寸肤色的深浅,眉宇间每一丝皱纹的弯曲、每一次弯曲的角度,宽松外套上每一处起伏的褶皱,面色神情里每一瞬和缓的变化,她都一清二楚。和缓,如今只有和缓。那些让她念念不忘的奕奕神采,曾经那目光中溢出的欣赏、赞同、好奇、倾慕,连同他心中的似火热情,都随着二十多年的光阴,从他的神情中流逝殆尽,难复一见。

"没了热度,我宁愿你彻底冷掉。"她意识恍惚,半梦半醒般反复念叨。

确实,大多数时候,他都很体贴,对她爱慕犹存,这一点,她完全愿意承认。虽说少有机会证实,但她猜想,她不在的时候,他或许也会生出思念。他们从不争吵,也不互相埋怨,只是像熔岩层一样,经历着漫长、缓慢的冷却,炽热的感情逐渐蒸发,麻木的妥协取而代之,最终停留在不冷不热的温度——世俗观念美其名曰"安稳"。

那些心理医药箱里只放着两三种药的人会问:"她没有孩子?"

"女人的身心健康,源于丈夫、家庭和孩子,三者缺一不可。"

"对男人来说,是事业上的成功、金钱,再加上一位贤妻。"

"而孩子,则需要足够的关爱、教育,以及良好的成长环境。"

此外无人需要医治,也没有其他疗法。

埃尔德太太曾有四个孩子,拿格兰特·艾伦[*]的标准来衡量的话,已是充分达标:"每对夫妻须育四子,人口平衡才不会被打破。"换言之,即两个孩子得以"取代"父母,而其余二者难逃夭折。的确,如根据定理一般,她的一双儿女惨遭厄运,四个孩子中只活了两个,现已平安长大,准备承担责任,"取而代之"。

西奥多已经成年,有了工作,人远在他乡。爱丽丝年纪较小,尚显稚嫩,但也已成人,离家在外,寄宿在波士顿一位富裕的姨妈家里;她不屑上流社

---

[*] 加拿大作家、社会学家。

会的奢华生活，被姨妈一再反对、劝导，但仍固执己见，铁了心要去理工学院念书，甚至扬言要尽早独立，骄傲地过上自由的生活。

埃尔德太太很喜欢孩子，但西奥多和爱丽丝都不再年幼。她多希望能多当几天贤妻良母，但无论母爱能多长久，童年都终将幻灭。况且，说到"青春"，现在的"青春"意味着在宁静中开始滋生叛逆。约定俗成的循环——所谓完美的女性人生轨迹——今已彻底失效。

埃尔德先生一手举起杯子，眼睛仍牢牢盯着报纸。埃尔德太太按响铃铛，唤用人端热咖啡来，把杯子斟满，再依其所好调了口味，才递还给他。她甚至习惯性地给自己也重新倒了一杯，回过神来，却发现自己一口也喝不下去。

两人之间蒙上了一层比往日更厚重的幽影。通常，这种距离感，不像隔着湿稠的阴云，只似漫着一层灰蓝的迷雾；但今早不同，他们之间有了"界限"，分明的"界限"。

平日里，埃尔德先生的所思所想，不曾和妻子的有什么相似之处。埃尔德太太还试着喜其所好，尽了为妻的责任，只是成效甚微。她自己的喜好却难得重视，即便被提及，也总是提过算过，且谈且忘，甚至被丈夫厌恶。对于不该去想又无法得到的东西，唇舌费尽，又有何益？

她深爱这座城市。人口稠密，熙熙攘攘，荧光闪烁的大店铺建得各有特色，层叠栉比，如浪潮般涌起，不断变幻着颜色，目力可及之处，绚美陆离。

她醉心于购物，近乎狂热——对她来说，这是无尽快乐的源泉，但在丈夫眼中，不过是愚蠢的恶习。

埃尔德先生沉迷烟草，两人的态度也刚好相反——对他来说，这是无尽快乐的源泉，但在太太眼中，不过是愚蠢的恶习。

他们曾为这些矛盾针锋相对，但也已经是陈年旧事了。

埃尔德太太忍气吞声，诉诸沉默，要说原因，其中之一便是埃尔德先生对争论本身厌恶至极。既然难忍冲动，无法自控，那争论有什么意义？这是他的立场。就因为忍不了，控不住，才要争论。这是她的立场。再说，不只买东西得要钱，住处离城镇有一小时路程，连来回路费她也得向丈夫索要，如此购物，意义何在？

埃尔德太太有生之年只有一次得偿所愿，尽兴购物。不久前，埃尔德先生的一位阿姨来访，这阿姨刚守了寡，亲人相见也难言欣悦，但她切切实实地带来了让埃尔德太太讶异万分的惊喜——作为圣诞礼物,她获赠了整整一百美元。"听好条件,"阿姨骨瘦如柴、皮肤泛紫的手上捏着摄人心魄的黄底珍钞,语气阴冷又严厉地说,"花光前,什么也不准对赫伯特说。去城里,一月初商店开门就去,越早越好,花光,别剩。还有,至少有一半要花在你自己身上。答应我,现在就答应。"

埃尔德太太答应了,只是"花在自己身上"这一点,她难以把握。比如,她一直渴望能拥有一盏活动电吊灯和一台留声机,可或许赫伯特和孩子们会用得比她还频繁。但无论如何,贫瘠又荒芜的漫长岁月里,她过了一次瘾,虽然只有一天,但也算一份慰藉。

她还喜欢赏戏,但这完全是异想天开,她不敢奢望,所以也并不特别困扰。

至于埃尔德先生,他不得不去城里工作,以维持家庭生计,但乡村生活才是他梦寐以求的东西。人烟稀少、宁静空旷的真正乡村里,住户零星散落、屈指可数,邻里之间互相观望,彼此不烦扰。在他心里,二十二年来,他们一直妥协地栖身在海韦尔,过的是委屈自己的城市生活,他早已难堪重负。相反,在埃尔德太太看来,这个地方倒与乡村无异,还远远称不上城市。她厌恶乡村,一想到乡村就烦。

所谓分明的"界限",根就在这儿。

如今,西奥多已长大成人,可以自食其力;爱丽丝也行将自主,开销甚微。经济压力骤减,埃尔德先生觉得自己的毕生理想——退休——终于有了实现的机会。他要真正地退休。所谓"真正地退休",并不仅仅是形式上的,除了告别工作、远离生意,以及令人厌恶的环境;还须亲自践行遗世独立的生活方式,这才是他真心所向。于是,他变卖财产,购置了一家农场。

昨日,他们彻夜商量此事,说商量,怕也只是她一人顾自说了许久——如之前所说,埃尔德先生厌恶争论。用晚餐时,他的心情看上去比平时又沉重了几分,或许,连他也依稀觉得,这个决定会引起妻子的极度不满。饭后,夜安静如常,他照旧穿着便服、便鞋,陷进铺着皮革坐垫的椅子,嘴衔他青睐的香烟,吞云吐雾,就着从左肩流过的灯光,沉醉爱书,备感惬意——是为至高享受。她也翻书阅读,实在读不下去,就做起针线活,直到做不下去,便开口商量。这下,换他听不下去了。

无可奈何之际,他重新点起一根烟,抖擞精神,长叹了一声,勉强开始面对现实。

"格蕾丝,"他放下手头的书,露出倦怠的神色,拖着好像小事不值一提的语气说，"财产我都卖了。"

闻言，她一脸愕然，凝神望着他。他视若无睹，继续说着，企望一次性交代完毕——他厌恶商量。

"生意都停了，到此为止。事实上，孩子们都成人了，不用我们照顾，就我俩生活，开销小了不少。你不是不知道，整天坐在办公室里工作，我早就受不了了，现在总算可以结束，如释重负……沃伦山上的那家农场我买下了……十月就搬去那儿。我本也想着来年开春再走，但恰好有人愿意买下这里……留两个住处也毫无意义……而且，那农场俏得很呢，再一迟疑，指不定被谁抢先。所以……十月就搬。"

他每说一句话，便如当头一棒，话虽不时停顿，却不够她喘一口气，平一平心，疼痛接连袭来。丈夫说完，埃尔德太太蒙了。她抿嘴润唇，以近乎乞怜的目光望着丈夫，无言以对。当然，即便有言以对，她也说不出口。

他轻身站起，绕过桌沿，敷衍地给了她一吻，拍了拍她的肩膀，意似安慰。

"我理解，格蕾丝，开始你会不太习惯，但远离尘嚣的环境于你有益，空敞的户外、新鲜的空气，都能让你放松神经、调养身心。你会有自己的漂亮花园，到仲夏还能邀人作伴（这自然是他深思熟虑、无私牺牲后才附加的"福利"）——让你的朋友们都来！"

他坐回椅中，深感这事总算透彻清楚地商量完了。她则不以为然，一股被长期压抑的叛逆情绪在心里缓缓复苏、渐渐沸腾——他能说一是一，能先斩后奏，她却只能像奴仆苦役一样，用一句"好，赫伯特"来回应他的决定和命令。

然而，连她几十年来的愚守与隐忍都显得难以颠覆，更别提延续千年之久的男尊女卑的社会习惯了。以往看似排山倒海的抵抗，也仅限于昏昧的口号、无用的恳求。

埃尔德先生执意如此，绝非一时兴起，而是多年夙愿今方得偿罢了。他单方面觉得，这对妻子来说也是好事。这种一厢情愿也促使他下定了决心。

在如此难以逾越的道德高山和理所当然的惨淡现实面前，除了将那些轻如鸿毛、孱弱无力的个人好恶可悲地埋葬于心底，她几乎无可作为。仅此一次，他算是大发慈悲，容她"商量"，所以她滔滔整夜，直到终于意识到木已成舟，多说无益。

她意志消沉，愁云满梦，天亮一睁眼，便觉灾难将至，越想越怕，恍惚中更觉恐惧。两人隔着餐桌，相对而坐，她虽保持着克制，但神经紧张。他用完早餐便起身要走，一副轻松愉悦的样子，还满怀爱意地向她道别。埃尔德太太冰冷地回应了他，便独自陷入沉思，开始盘算未来。

她四十二岁，身体健康，要是打扮得当，仍有倾城姿色。不同女人适合不同装束，晚礼服、宽松长衣等，穿着效果都因人而异；适合埃尔德太太的，是轻便的简装。

她喊来态度懒散、工作低效的女佣，强忍着厌烦，无精打采地交代该完成的家务，随即猛地惊觉——城郊的用人尚且如此，去了乡下，岂不是要愁死人了？

"他没准想让我来干呢，"她心情阴郁，喃喃自语，"……邀人作伴。还要叫人作伴！"

事实上，别人来家里做客，埃尔德太太一点也不喜欢，家里多一个人，便要多操一份心，她本就倦于打点家务，再有外人添乱，实在是雪上加霜。她理想的"作伴"是"出门会客"：在人潮汹涌的大街上邂逅新朋，在剧院散场的人群里偶遇旧识，在冗长唠叨的电话结束时来声清脆的道别，在隔三岔五举行的聚会上跳场酣畅的舞。还能再跳舞吗？

因此，埃尔德太太才觉得，那天邻居盖洛德太太登门，就像上天的恩赐。邻居来时，伴着一位远道而来、名叫麦克艾弗里太太的密友——一位富有同情心，虽沉默少言，却字字珠玑的女性。盖洛德太太对埃尔德先生的铁石心肠非常在意，甚至有点生气，麦克艾弗里太太却不紧不慢地说起各类故事，言谈间引经据典、优雅从容。她见过那种事吗？她读过那些书吗？她真的那么想吗？她这么做没错吗？埃尔德太太如此想着。

两人离开后，埃尔德太太去了城里，买了些刚才提及的杂志，在一家小图书馆借到了书。

她埋头阅读，深受吸引，不住地感到好奇、惊讶。整整一周，她废寝忘食，不断汲取营养，直到灵光乍现，一个清晰的念头倏地划过脑海……

"有何不可？"她自言自语。"有何不可？"她反复念叨。甚至夜半三更，她也会欣然醒来，望着天花板微笑，伴着身边沉重的鼾声，在心中放声呼喊——"有何不可？"

时值八月末，还有一个月时间。

私底下，她迅速制订计划，事无巨细地向当地家境富裕、地位尊贵，又具有高雅品味的好友咨询。

得知了她的想法，盖洛德太太心潮澎湃，兴趣盎然，为她介绍了一众友人；麦克艾弗里太太也从城里来信提出建议，助她发展人脉。她不止一次地收到支持的回应,因而深受鼓舞。

她写信给她的子女,恰逢西奥多近在波士顿,三人便齐聚家中,在泛着温和色泽的小客厅中商量起来。埃尔德太太面露微笑,宣布自己的想法,并要他们严守秘密。她语气急切,难掩激动,像姑娘般红起了脸。

"我已下定决心。你们同不同意,我不在乎!"她坚定地说,"但你们必须守口如瓶。他做决定的时候,也从不跟我商量!"

她还是略显不安地看着西奥多,但儿子立即打消了她的疑虑。"这太好了,妈妈,"他说,"现在你看上去简直年回十六!想怎么做就怎么做吧,我一定支持。"

爱丽丝由衷地欣喜道:

"太完美了,妈妈!我为你骄傲!生活就该这样,不是吗?"三人热切地商议起来。

埃尔德先生频繁造访梦寐以求的乡间农场,但仍显得急不可耐,似已沉醉其中,而直到九月中旬,他才逐渐意识到妻子举手投足间那股不寻常的兴奋。"收拾东西的时候别累坏了身子,"他说,语气中透着关切,"只要待些时日,你就不会那么讨厌那儿了,亲爱的。"

"不仅不会讨厌,到了夏天,我甚至还会喜欢上那儿呢。"她似笑非笑地答道。

九月下旬,即将搬离之际,她决定说出实情,却顿时觉得当初上山易,如今下山难,不知该如何启齿。

又一个安静的夜晚,他仍陷在椅中,沉醉在《乡间绅士》《果园指南》和《饲养与田猎》之类的书里。她等他吸完一根香烟,才开了口——"赫伯特。"

他已将思绪浸没在对"如何以养蜂酿蜜创造利润"的研究之中,闻言良久,才缓缓回过神来——"怎么了?"

"我不和你去乡下了。"

他腻烦一笑,说:"你当然要去,亲爱的。到今天了,就别再闹了。"

她有点不好意思,但马上鼓足了勇气。"我有其他安排了,"她平静地说,"我要去波士顿,已经租下一整层楼,装修完了。西奥多和爱丽丝各住一间,自付租金,三餐都在外解决。爱丽丝今年就会工作,会有收入的。他们都赞同——"犹豫了片刻,她心跳加速、呼吸急促地宣称:"我要做职业代购!无数订单在等着我!打现在起,至少半个季度的工作,都安排好了!"

言罢,两人默然相觑——确实,他不善言谈。"看来……你都安排好了。"他冷冷地说。

"没错,"她迫不及待地确认道,"都安排好了。"

"那我怎么办?"迟疑片刻后,他问出了口。

她煞有介事、毅然决然地握起他的手,说:"亲爱的,房间有的是,随时欢迎你来,冬天的时候,你会喜欢那儿的。"

这回,轮到埃尔德先生滔滔整夜、尽陈好恶了。她则循循善诱地说,他大可雇人替他搬家,说在乡间农场安顿好后,他一定会更加快乐,等等。

"你完全能雇个能干的管家,毕竟,现在你在我身上,是一分钱也不用花了!"

"下周我就进城,"她板上钉钉地补充道,"我们都希望圣诞节就能见到你呢。"

希望成真了。

一家人不仅度过了异常快乐的圣诞节,第二年夏天也一样。起初,埃尔德先生郁郁寡欢、怒气冲冲地去了农场,但渐渐地,孤身一人、荒凉寂寥的乡间生活将他的满腔愠怒浓缩成满心悲苦。当他终于不堪独处,进城和家人团聚时,家庭的温馨与热闹,妻子的年轻靓丽与活泼伶俐,无不化作一股暖流,温热着他的灵魂。

爱丽丝和西奥多见父母重聚,躲在角落里偷笑。"看他俩爱火重燃的模样,真叫人不忍直视呢!"

埃尔德太太当然十分满意。而埃尔德先生不得不承认,相比一意孤行,弃家远迁,任由妻子在郁郁中彻底枯萎,这种"城乡各有家,妻儿皆如意"的生活,更令人感到满足。

埃尔德太太重获新生,快乐中也不乏对丈夫的歉意,温柔的举止让她愈显动人。如今,埃尔德一家来回于城市与乡间,继续生活。光阴流逝,其乐融融。

(1912年)

第四部分

宣 言

"无疑,她们也正是死在那天。"

灭绝的天使

从前，在这个星球上，居住着一种天使，她们是一种"万能溶媒"，能融合人类生活中所有互相冲突又无从协调的元素。

曾经，她们为数众多，几乎每家每户都有一位；而且，虽然有的品性至圣至洁，有的逊色一些，但她们无一不是公认的天使。

拥有如此造物，裨益不可估量。首要的是，作为人类的"半神"亲属，她们增加了凡人死后进入天堂的可能；她们赋予人类某种对来世的留置权——一项能给拥有者带来极大慰藉的实际权利。

毕竟，天使们自然具备了高于凡人的德行；正因为天使们言行得体，无可挑剔，拥有她们的人才获得了信用。

除了这一上通天国的直接裨益——这张天堂班车的赠票，还有无数下接人世的间接裨益。拥有这样一位天使，能让生活的方方面面都变得顺利、称心，让苦命的人一享祥和与欢乐。

一个天使的职责所在，是宽慰、安抚、放松、取悦。无论她的拥有者在情感上有多任性——有时甚至会合法使用"一根不比他拇指更粗的棍子"去抽打他的天使，她都不能有任何情感——除非自我牺牲也算。的确，很多时候，在她们身上，那就是一种情感。

家里那"人"日日外出劳作，见机慰劳自己。回家时，他常又累又气。在这需求紧迫的时刻，为他献上笑容——一副柔和、持久又纯美的笑容，便是天使的职责。

由于人类有着某种不幸的缺陷，天使除了履行微笑与安抚之类的神圣义务，还得完成做饭、打扫、缝补、护理等世俗工作，但这些工作又必须在丝毫不影响天使德行的情况下完成。

而所谓"天使德行"，从本质上讲，是一个奇特的矛盾体。

这些德行是固有的。人无法虚伪地为之命名，更不能拥有它们，只得承认其神圣与高贵远非粗俗的凡夫所能企及；只是，尽管如此，人类却时刻监视着天使的德行，写下了整本整本的书为她们提供言行举止上的建议，还公开宣称，天使们一旦违逆人类的意愿，不再服从人类的判决，就会完全丧失天使德行。

过去的情形如此，在今天的我们看来，这十足奇怪，可再一琢磨，似乎又很合理；而且，天使们也从没想过质疑——愿上帝保佑她们那顺从又有耐性的心！

或许正因如此，才不难想象，每有天使"堕落"，区区人类就会怀着无情的愤怒来惩罚这些神国来使。做天使比做人要容易得多，以至于天使"堕落"，是无论如何也不该发生的事，即便"堕落"根源于其自身的纯洁怜悯和温柔关爱。

说来不免残酷，天使无论向谁、和谁、为谁（怎么说都行）"堕落"，他都和任何对"堕落"持谴责态度的人一样严厉。他从不伸出援手，扶她起来，而是顾自脱身，继续前行，留她一人深陷泥潭。路过的人踩她一脚是再方便不过的事。人类也坚定不移地认为，她那一身污泥有助于其他天使保持洁净。

这太不可思议了，还是点到为止，别太深入。

这些聪明的精灵个个都得完成艰苦又低下、量大到惊人的体力劳动。某些工作——基本上总是些脏活——全得由她们负担。可她们最首要也最不可通融的责任之一,却是让天使袍服不染一尘。

人类很乐于注目欣赏那身袍服的飘动。那丰富的形态变化总能唤起种种甜蜜又可爱的感想与回忆;而且,在很大程度上,飘动的袍服也被认为是上面谈到的天使德行的固有载体。所以,它们必须飘动。于是,那宽大的衣服便无拘无束,如波浪般起伏,罩着疲惫的四肢,拂过连绵的家具和楼梯。毕竟,这些天使不幸没有翅膀,而她们的工作又要求她们楼上楼下地跑。

看她们这样忙活,你想必大感异样,因为在很大程度上,她们简直一直在和脏东西打着交道。是的,在眼下这个开明时代的人看来,这的确奇怪;可事实就是这样,天使们卑微地侍奉着人类,凡仆人该做的事,是一样也没落下,人类厌恶并不屑于做的事情,她们做起来像在履行与生俱来的义务一样。

这看上去是不可调和的矛盾,但她们调和了它。天使就是天使,活儿就是天使的活儿,你还想怎样?

关于这些天使,有一点似乎有点可疑:她们——我悄悄说上一句——其实没那么聪明!

人类不喜欢有才智的天使——才智不知为何似乎会黯淡她们的光芒,苍白她们的美德。在各方面,天使哪怕有半点智识，都会让矛盾变得更难调和。因此，人类采取了一切可能的措施来切断天使们吸取粗俗的人类智慧的途径。

可渐渐地，由于天使和人类不间断的异族通婚产生了意外的后果，天使们渴望着、寻觅着，最终吃到了知识之树上的禁果。

无疑，她们也正是死在那天。

这一族天使现已灭绝。有传言说，在偏远的地域——在绝对无法触及那致命果实的地方，有时还能找到单独存在的个例；但作为一个种族，她们已灭绝。

可怜的渡渡鸟！

（1891年）

如果我是男人

每当杰拉尔德不肯依她（当然这很少发生），漂亮娇小的莫莉·马修森都会这么开口。

这个明媚的早晨，她踩着那双高跟拖鞋跺了一脚，又说了一遍，就因为他冲那账单——那长长的，标着"结算明细"，她拿到手时忘了给他，再接着就不敢拿给他看，眼下他已从邮差本人手里接下的账单——大惊小怪了一番。

莫莉是个"典型"。她就是被敬称为"真女人"的物种的美丽范例之一。娇小，这是当然——是真女人，就高大不了。漂亮，也是当然——是真女人，就不可能样貌平平。古灵精怪、任性多变，又可爱迷人，热衷于漂亮衣服——用那玄奥的说法来说，她总是"把衣服穿得很好"。（"好"的并非衣服——衣服是一点也不好穿的；"好"的是女人在穿上衣服的过程中或者随身带着它们的时候，所焕发出来的某种特殊的优雅。得此优雅的女人,似乎极少极少。)

她也是个深情的妻子、称职的母亲;她素有"交际天赋",热爱随这天赋而来的"社交",可这无碍她钟爱家庭,为自己的家而骄傲,持起家来——唔,和大多数女人一样能干。

世上要是真有真女人存在,那她无疑就是莫莉·马修森了,可她却做梦都想当个男人。

然后,她突然就成了男人!

她是杰拉尔德了,就这么挺着脊背、阔着肩膀,匆匆沿步道走着,像往常一样去赶早班火车,而且不得不说,身上还带着股气。

她自己的话还在耳边回响——不光是"如果我是男人",还有之前的那些;她闭紧嘴唇,怕说出什么会让自己后悔的话。但她不再是阳台上那个愤怒的小娇娘了,也没了那种对现实的默许,她感觉到的,是一种优越的自尊,一种强者对弱者的同情,一种"对她我必须温柔"的感觉,尽管她心里有气。

一个男人!真成了男人。留下的,只有关于她自己、够她分辨差异的潜意识记忆。

起初,男人的尺寸、重量和额外的厚度让她觉得滑稽,手脚都大得离谱,她又长又直的双腿自由摆动,大步向前,让她感觉像在踩高跷一样。

不适感很快过去，取而代之且无论这天她走到哪里都在不断增长的，是一种崭新又令人愉悦的感觉：尺寸刚好。

一切都很合适。她适意地靠着椅背，脚舒服地踩在地上。她的脚吗？……是他的脚！她认真琢磨着它们。学生时代过后，她已很久没让双脚尝到这种自由舒适的滋味了：走路时，脚踏在路上，步步坚定、结实；乘着一股不明所以的冲动，她还追着电车猛跑，赶上后又一跃上车——敏捷、矫健、平稳。

另一股冲动涌起，让她伸手从便兜里摸出了零钱——动作自然、利索，一枚五分硬币给了售票员，一枚一分硬币给了报童。

这些便兜是意外之喜。她当然知道它们的存在，也数过里面的钱，开过它们的玩笑，还补过破洞，甚至羡慕过它们；但她做梦也不知道，身上有兜是什么感觉。

她翻开报纸，挡在面前，让她的意识——那新旧参半的意识——依次经过身上的兜，加深那种牢牢掌控一切的感觉：东西各就各位，触手可及，能随时应对紧急状况。雪茄盒让她有种温暖的舒适感——满满一盒；钢笔稳稳夹着，只要她不倒立，便安全无虞；钥匙、铅笔、信札、文件、笔记本、支票簿、单据夹——应有尽有,透着股深邃又汹涌的豪迈感,她感受着这辈子从没有过的感受:金钱在手——她自己挣来的钱,要花要留她说了算,不用乞求、撩拨,也不用甜言蜜语的诱惑——尽在掌握。

那张账单……啊,如果是她——也就是他——收到的,他会理所当然地付清,不会——跟她——提一个字。

接着,已成为他并如此坚定自如、有钱在兜地坐在车上的她,意识到了伴随他一生的金钱意识。少年时代:那些渴望与梦想,雄心壮志。青壮年时代:发了狠地工作赚钱,为了成一个家——一个有她的家。最近几年:种种忧虑、希望和风险交织成网。眼下:有了意义重大的特殊计划,每一分钱都弥足珍贵;这张早该结清的账单咄咄逼人,要是最初就交到他手里,无疑会平添一份完全不必要的麻烦;而且,男人也总是对"结算明细"厌憎得很。

"女人哪有经济头脑!"她听到了自己的感叹,"钱都花在那些帽子上面——又蠢又丑、一点用都没有的东西!"

于是,她开始用从没见过帽子的眼光观察起车里的女帽。男人的帽子看起来都很正常、得体,不失庄重,因个人品味不同而有着足够的变化,款式上的差异和"年龄感"也很鲜明——此前她从没注意到这些。可女人的帽子——

此刻,睁着一个男人的眼睛,顶着一个男人的脑袋,脑海中保存着一辈子行动自由的记忆,她开始察觉到女人的帽子是怎么回事:

那一头蓬松的秀发一下子变得迷人又愚蠢,在如此愚蠢的头发上,冲各个角度,五颜六色地斜着、扭着、歪着、拧着各式材质不定、形状不明的名叫帽子的东西。然后,那种种奇形怪状上,还有种种装饰——一戳戳僵硬的鸟羽,一弯弯闪闪发光、鲜艳夺目的丝带,以及一团团左凸右鼓、让旁人的脸遭足了罪的羽绒。

这辈子她何曾想象过,这种"万人迷"女帽,在花钱买下它们的人眼里,简直就是疯了的猴子才会拿来装扮自己的东西。

然而,眼见一个个子小小,蠢得跟别的女人没什么区别,但又漂亮养眼的女人上车,杰拉尔德·马修森还是起身把座位让给了她。随后,车上又上来一个模样大方、两颊通红的姑娘,头戴一顶风格无比狂野、颜色无比鲜艳、形状无比怪异的帽子,把其他所有帽子都比了下去;姑娘站在他边上,那打卷的柔羽一下一下从他脸上扫过,这挠痒似的亲密接触让他感到一阵突然涌起的愉悦——而她，那个内心深处的她，则感到一股席卷而来、足能彻底淹没一千顶帽子的羞耻。

接着，他搭上早班火车，在吸烟车厢落座后，她又收获了新的惊喜。周围是其他男人，和他一样，也在上班路上，其中许多是他的朋友。

对她来说，他们本该是"玛丽·韦德的丈夫""和贝尔·格兰特订婚的人""那个富有的肖普沃斯先生""那位友善的比尔先生"，等等。他们本该对她抬个帽，欠个身，离她够近的话，多半会礼貌地跟她聊上几句——尤其是比尔先生。

但此刻，她感觉自己一下站到了阳光底下，她认识他们——认识原本的他们。光这份认识本身就让她惊讶：远及少年时代的谈话背景，理发店和俱乐部里的八卦，早晚火车上的交际时光，对彼此的政治立场、商业地位与前景，及个人性格的了解……总之，她就像踏进了崭新的世界，刚认识他们一样。

他们一个接一个地来和杰拉尔德说话。他似乎很受欢迎。聊着聊着，伴着这份全新的记忆和理解——一种似已将这些男人的思想都囊括在内的理解，隐没在那惊人的新认识之下的意识，开始鲜明地感受到一种重量：男人对女人的真实看法。

她身边都是一般意义上的美国好男人；大多已成家，生活幸福——普遍意义上的幸福。他们每个人心里，似都存在着一个两层的"部门"；它独立于其他思想之外，专供他们保存自己对女人的想法与感受。

保存在上层的，是最温柔的情感、最甜蜜的回忆，以及所有有关"家庭"和"母亲"的亲切感触、所有精巧又饱含钦佩的形容。那是一处圣殿般的所在，为一尊蒙着面纱、被盲目崇拜的雕像和种种备受珍爱却不足为奇的经验所共享。

保存在下层的——在这里，那深埋的意识感到了强烈的苦恼——是完全不同的一类感想。在这里，即便是在她自己这位心地纯洁的丈夫心里的这个地方，也充斥着不堪的记忆：那些只在男人的餐桌上讲起的故事，那些在街上或车上无意中听到、比"餐桌故事"还糟的情节，那些卑劣的传统风俗，那些粗俗的绰号，那些——虽不同享但你知我知的——糗事……

在这个专为女人而设的部门之外，更有实实在在的新知。

世界在她眼前展开。不是那个她成长其中，几乎以家为界，家外便是"异世"、便是"新大陆"

的世界,而是那个原原本本的世界,男人的世界——那个由男人创造、供男人生活、被男人定义的世界。

令人眼花缭乱的世界。窗外是飞速闪过的房屋;心里或是开发商开出的账单,或是某种对建筑材料和施工方法的技术性洞见。眼见一座村庄退去,便可悲地记起那是"谁的"村子——想的不是那老板正如何势头迅猛地追求着国家权力,就是这苦心铺设是何等徒劳;各种各样的商店,不只是展列可心商品的地方,更是一场场商业冒险,其中许多无非是将沉之船,但也有一些远航有望、利润可期。新世界的一切都让她迷惑。

作为杰拉尔德的她已经忘记了那张作为莫莉的她仍在家里为之大发牢骚的账单。杰拉尔德和男人们聊着,一会儿"聊生意",一会儿"聊政治",接着又同情起一位邻居细心遮掩的麻烦。

莫莉也一直很同情这位邻居的妻子。

她开始奋力挣扎,想制服这庞大的、支配着她的男性意识。她突然清楚地记起了自己读过的书、听过的课,越来越强烈地感觉到一股对这种以男人之身静静沉溺于男性视角的状态的憎恶。

迈尔斯先生——那个住在街对面、凡事都爱讲究的小个子男人——正说着话。他有个自以为是的大个子老婆,莫莉是一向不太喜欢她的,倒总觉得他这人相当不错——在小礼小节上,他是那么一丝不苟。

这时,他正跟杰拉尔德说话——听听他们说的!

"必须进这儿来了,"他说,"座让给了一位夫人,注定是她的座。她们要是下了决心,就没什么是得不到的——对吧?"

"怕什么!"邻座的大块头说,"她们没多少决心可下,你知道的——就算下了,也是会变的。"

"真正的危险,"刚上任的圣公会牧师阿尔弗雷德·斯迈思——一个又高又瘦、神经敏感,生着一副被时代甩开了好几个世纪的面孔的男人——开口道,"在于她们会踏出自己的领域,越过上帝为她们划定的界限。"

"我觉得吧,她们摆脱不了自然的限制,"开朗的琼斯医生说,"相信我,生理机能是怎么也没法改变的东西。"

"反正,至少在欲求上,我没觉得她们受过什么限制,"迈尔斯先生说,"一个有钱的丈夫、一栋漂亮的房子、没完没了的帽子和裙子、最时髦的车子,再加上几颗钻石——光这些就够我们忙活的了。"

过道另一侧,坐着一个一脸疲惫、毫不显眼的男人。他有个非常招人喜欢、总是穿得很美的老婆,还有三个没出嫁,也总是穿得很美的女儿——莫莉认识她们。她也知道他一直在努力工作。这会儿,她有点不安地看向了他。

他却开朗地笑了。

"对你有好处的,迈尔斯,"他说,"男人工作,还能为了什么?世上最珍贵的,大概莫过于一个好女人了。"

"最糟糕的,也莫过于一个坏女人了。这是当然。"迈尔斯应道。

"从专业的角度看,女人都很软弱。"琼斯医生一本正经地断言。阿尔弗雷德·斯迈思牧师补充道:"是女人把罪恶带到了人间。"

杰拉尔德·马修森直起了背脊。他感到体内有东西在搅动,说不清是什么——又无法抗拒。

"我看咱这天聊的,怎么个个说话都像挪亚,还有印度教古经一样,"他干巴巴地提了一嘴,"女人是有局限,可老天在上,我们也有啊。从小学到大学,我们哪儿没见过和我们一样聪明的姑娘?"

"她们玩不了我们玩的。"牧师冷冷地说。

杰拉尔德用老练的目光打量起他那瘦薄的身材。

"足球我就一向踢得不太好,"他虚心坦承,"可我认识的女人里，就有在耐力上全方位胜过男人的健将。再说——人活着又哪是为了体育！"

令人遗憾的事实一经道出，众人都望向了那个体格魁梧、衣着寒酸，一个人一脸惨白地坐在过道尽头的男人。他曾上过报纸，头版头条，有名有照。可眼下，他挣的比在场的诸位都少。

"我们该醒一醒了，"杰拉尔德紧追不舍，体内那莫名搅动的东西仍鞭策着他，要他用陌生的言语把话说完，"要我说，女人也是人呀。我知道她们穿得像傻子——可这要怪谁？是我们发明了她们那些愚蠢的帽子，设计了她们那些疯狂的时装。更何况，要是有这么个女人，勇敢到敢穿普通衣服——和普通鞋子，那我们谁还想跟她跳舞？

"是的，我们怨她们吃我们的、用我们的，可谁又愿意让自己的老婆出门工作？没人愿意。这会伤了我们的自尊，如此而已。我们总是批评她们，说她们嫁人是奔着钱来的，可要是有哪个姑娘嫁了个没钱的蠢蛋，我们会怎么说她？'可怜的傻瓜'，如此而已。她们都明白着呢。

"至于那些生理上的局限，琼斯医生，我觉得咱们——作为一家之主——也得担些责任，你说对吧？

"还有'祖母'夏娃——当时我不在场，没法否定那故事,但我想说,要是她把罪恶带到了人间,那这罪恶能一直延续到今天,我们男人就是最大的功臣——这么说没问题吧?"

车驶进城里,一天下来,杰拉尔德忙个不停,同时也模糊地察觉到种种不同以往的情景和不同寻常的感受,隐没在内心深处的莫莉一直在学习,不停地学习。

(1914年)

我为什么写《黄色墙纸》[*]

许多读者问过我这个问题。大约在1891年,《黄色墙纸》在《新英格兰杂志》(*New England Magazine*)上首次发表后,波士顿一位医生在《文摘》(*The Transcript*)杂志上发文抗议,说这样一则故事根本不该被写出来,因为它足以使任何读它的人发疯。

如果我没记错的话,另一位来自堪萨斯州的大夫却来信说,这是他所见过的关于精神混乱早期症状的最出色的描述,还不禁一问:恕我冒昧,故事中所写的,您是否亲身经历过呢?

无论如何,我自觉有必要澄清一些事实:

很多年来,我承受着严重、持续且趋于抑郁——甚至不止抑郁的神经衰弱。自有症状出现,拖了三

---

[*] 本文于1913年10月发表于《先驱者》(*Forerunner*)杂志。

年后，无奈之下，我求医于一位当时蜚声国内的神经症专家。我心怀一丝希望，也对他深信不疑。这位博识的医生让我躺在床上，接受"静养疗法"。我很快凝神静气，平躺在那儿，他见我那副好好的体格反应如此迅速，便下了结论，说我只是小病微恙，只需回家静养即可。他给出了郑重的劝告：尽量待在家里，每天的脑力劳动时间以两小时为限，钢笔、铅笔和画笔之类的东西，这辈子都不能再碰。这是1887年的事情。

当时，我回家后便谨遵医嘱，静养了三个月光景，可在我自己看来，我却掉进了更可怕的深渊，我的内心活动几近停滞，精神状态濒临毁灭。

因此，我只能依靠我残存的理智，在一位智慧过人的朋友的帮助下，将所谓专业意见抛到了九霄云外，并再次投身于工作。我渐渐相信：工作，才是每一个正常人应有的生活；工作意味着快乐、成长、奉献，否则，人会永远在贫瘠中度日，过寄生虫一般的生活；只有工作，才最终让我找回了一些生活下去的勇气与动力。

在死里逃生的喜悦中，我写下了《黄色墙纸》。但其中的一些杜撰与修饰，仅仅是为了更好地表现主题——我家的墙纸从未让我产生幻觉或反感。完成后，我寄了一份副本给那位几乎让我堕入疯狂的医生，但他从未认可过我的理论。

许多精神病医生认为，这则短篇故事颇有价值，同时也具有独特的文学性；而据我所知，它至少拯救了一个行将被相同的命运摧毁的女人：她的家人被这篇小说震慑，终于解除了对她的禁锢，她方能投身于正常的社交，然后重获新生。

但最让我欣慰的是，许多年后，我听说，那位曾经不可一世的专家在他的朋友面前承认，他读了《黄色墙纸》以后，就转变了他治疗神经衰弱的方法。

《黄色墙纸》不是为了使人发疯，相反，是为了救人于癫狂。并且，它成功了。

译后记

作为女性主义文学的先驱,夏洛特·珀金斯·吉尔曼于1890年发表了短篇小说《黄色墙纸》,一时引起轰动。这篇小说最终被读者奉为吉尔曼传奇而多产的一生中最具代表性的作品。纵然时过境迁,这篇构思惊艳、手法独特的"内心独白"仍然在以永恒的文学魅力持续刺激并挑战着一代又一代读者的神经,同时,在"女性主义"作为社会议题而受到更多重视的今天,它将人们的视线重新拽回到在压抑与觉醒的缝隙间挣扎的个人经验上,为读者带来了"切身"的阅读体验,并准确而直接地提出了女性主义的核心问题之一:

"面对新精神与旧传统的矛盾时,女性究竟该如何存在?"

吉尔曼一生都受到神经衰弱的困扰。在第一段婚姻里，她曾尝试妥协，安于"贤妻良母"的身份，第一任丈夫的体贴与无微不至，更让她不忍"背叛"家庭，因而一次又一次将离经叛道的思想深埋心底，勉强遏制住了"入世"的冲动。然而，牢笼般的婚后生活与无拘无束的婚前生活形成了巨大的落差，吉尔曼向往自由的灵魂饱受折磨。随着时间的推移，她的病症不断加重，理智逐渐瘫痪，她甚至一度濒临精神崩溃。于是，1887年，在亲友的介绍下，吉尔曼接受了当时盛行的"静养疗法"。所谓"静养疗法"，顾名思义，即"无为而治、无为而愈"。医生的诊断是"小恙"。吉尔曼遵从医嘱回家静养，足不出户，不碰纸笔，尝试让大脑处于休眠状态。然而，或许是越想静心便越是躁动的缘故，又或许是此类疗法刚好对她无效，吉尔曼的精神状态急转直下，步入深渊，濒临崩溃，内心活动几乎停滞。

在《黄色墙纸》中，吉尔曼以第一人称向读者描绘了这种荒谬的、治标不治本的治疗方法如何给主人公造成了更大的精神错乱，并巧妙地以哥特式的氛围营造及象征手法，让读者切身感受到从理智尚存到精神彻底崩溃的毁灭过程。《黄色墙纸》虽有虚构的成分，但流动于字里行间的不安与神经质，却大体来自吉尔曼的亲身经历。在《我为什么写〈黄色墙纸〉》一文中,吉尔曼这样写道:"在死里逃生的喜悦中,我写下了《黄色墙纸》。"

在这份喜悦背后,是无数被压抑的"幽灵"的凝视——在"摇椅"上,在"巨藤屋"里。

于是,"觉醒者"成为"先驱"。她们揭露、反抗、呐喊、抚慰,伤痕累累,却屡败屡战。世事无常,传统与新潮不断拉扯着女性,有时她们不得不选择欺骗。事随境迁,当传统的力量强大到足以颠倒是非的时候,她们不得不放弃爱情。什么才是女性"最珍贵的首饰",是身边的男人,还是心中的自由?拒绝一个男人,需要多少勇气?面对丈夫的背叛,需要多么坚强的意志,才能化悲愤为理智,离开婚姻与家庭?欺骗、放弃、拒绝、离开……没有更好的结果了吗?

有时,人们不免怀疑,吉尔曼是在将个人的痛苦归咎于社会与传统,将"个人的不幸"偷换为"女性的不幸",并错误地假定以传统方式生活的女性无不忍受着"不公的对待",假定"女性都热爱社交,不喜常守深宅"。在吉尔曼的作品里,对"男权"和"传统观念"的批判与讽刺无处不在,看似犀利甚至狠毒,读来却也让人不禁觉得是一种"抱怨"。但同时,我们也不应忽视,吉尔曼不同于摇旗呐喊的示威者,也不同于只顾煽风点火的狂热者的地方。细读吉尔曼的作品,不难发现,除却复杂的情绪,一道冷静而富于女性智慧的光芒贯穿了她的创作生涯:对于女性如何活得有价值、女性如何兼顾家庭责任与社会权利,吉尔曼给出了她的"解决方法"。在以《老有所思》《遗孀的力量》《所罗门如是说》为代表的一系列作品中,这种"解决方法"尤为闪光。

不错,吉尔曼一人无法为女性代言,但历史不应忘记,一位饱受精神困扰的女性,以先锋般的探索精神和可贵的理性,为女性的未来提供了难以想象的可能性。

一族"天使"已然灭绝。

可"如果我是男人","我"愿意一直学习,不停地学习——

她的"怨言"背后,是怎样的一种真诚!

生活也给予这种"真诚"以奖赏。吉尔曼的第二段婚姻一直延续到她生命的终结。她与支持并理解她毕生事业的丈夫长相厮守,以幸福的家庭为后盾,放迹四方,宣传她的理念,为女性争取权利。

她虽历经千难万阻，亦矢志不渝，并留下了数量可观的思想著作，为一个时代的启蒙与进步做出了不可磨灭的贡献。

相信在《黄色墙纸》发表一百多年后，那位从墙纸牢笼里挣脱出来的女人终于不再扭曲地爬行，而是站了起来，去投下那象征着平等与自由的神圣一票。那些坚持、挣扎、讽刺、偏执，都可以化作一丝安慰，终于可以让那双疲惫却带着希冀的眼睛，闭上休息一会儿了……

从文学角度来看，吉尔曼善于利用文学技巧，将一些具有开拓意义和创新意义甚至"有失偏颇"的观点，以一种克制的方式巧妙地表现出来。《黄色墙纸》《摇椅上的女孩》及《巨藤屋》的哥特风格足以和爱伦·坡相媲美；《世事无常》和《转身》具有欧·亨利式的情节反转；在《珍贵的首饰》中，吉尔曼更是天才般地设置了骗局，在嘲弄男性的"傲慢"的同时，让自己的观点以戏剧化的方式呈现出来，字里行间更不缺简·奥斯汀式的细腻与对语言的娴熟掌控。同时，我想，是否应将那些带着明显的个人情绪的"辛辣"归于"偏激"，读者也自有判断；相比之下，我更愿意将它视为一种"本能的反叛"和"表达的冲动"，也正是这种赤裸的反叛与冲动，让吉尔曼的作品获得了回归人性，从而超越时代的独特魅力。

那么，面对新精神与旧传统的矛盾时，女性究竟该如何存在？

没有绝对的答案。

每一位女性都有自己的答案……

每一位读者都有自己的答案……

吉尔曼的答案或许与另一位声名卓著的女性主义者不谋而合。那位女性主义者的伟大宣言也通过吉尔曼充满个性的文字折射出了夺目的光芒：

"我绝不让我的生命屈从于他人的意志。"（西蒙娜·德·波伏瓦）

叶紫

2015 年 3 月 15 日 于杭州

修订于 2023 年 11 月 9 日

明室
Lucida

照亮阅读的人

主　　编　陈希颖
副 主 编　赵　磊
策划编辑　赵　磊
特约编辑　孙皖豫
营销编辑　崔晓敏　张晓恒　刘鼎钰
设计总监　山　川
装帧设计　山川制本 workshop
责任印制　耿云龙
内文制作　丝　工

版权咨询、商务合作：contact@lucidabooks.com

上海光之室文化传播有限公司　　Shanghai Lucidabooks Co., Ltd.